超訳 人間失格

人はどう生きればいいのか

齋藤 孝

アスコム

はじめに　～『人間失格』の中にある、生きづらさへのヒント～

『人間失格』は普遍的《ふへんてき》な傑作です。

作品発表以来、くり返し漫画化や映画化され、時代が変わっても多くの人の心をとらえ続けています。しかも、その読書体験が深い。心の奥が揺さぶられ、深い部分で共鳴するような感覚を得るのです。

文豪といわれる人の作品の中でも、これほど常に人気のあるものは決して多くはありません。**読者の数×深さ×時間で「読書体験体積」をはかるとすれば、『人間失格』は日本の文学史上ナンバーワンを誇るにちがいありません。**

なぜここまで人気があるのでしょうか。

『人間失格』で扱っている**「生きづらさ」の問題が、現代にも通じる普遍的なテーマだから**というのが、理由の一つでしょう。主人公の大庭葉蔵《おおばようぞう》は、世間というものがわからない、人間の目が怖いと言っています。そして、「自分はうまく生きられないのでは」という恐れを抱えているのです。

明るくふるまい、うまくやっているようでも、心の中では不安や恐れがうずまいている。この恐れが、生きるうえでの「ぎこちなさ」のようなものを生んでしまいます。

こういった、人間の心理に与える恐怖の存在は、時代や年齢によって変わるものではありません。その普遍性をクリアにし、現代の私たちに引きつけながら読みなおす。それがこの本の目的です。なぜならそれは、いまを生きるヒントになるからです。

◎モンスター化した新たな世間が心を切り裂く

葉蔵の「世間に対する恐怖」は、むしろ現代のほうが共感できるかもしれません。現代は、ＳＮＳの普及によって新たな世間、「ニュー世間」とでもいうようなものができています。

１９６０年代までは、たしかに「世間」というものがありました。若い人にはなじみのない感覚かもしれませんが、私たちは、地域社会や共同体の中で視線にさらされながら生きていたのです。その後、80年代から90年代ごろはいったん世間がうすまります。地域社会が消えていき、バラバラになった個人が生活するようになった。世間はこのまま消滅するのかと思ったら、ここにきて一気におそいかかってきたのが、ＳＮＳによるニュー世間です。モンスターのように再生し、かつてより恐ろしい姿で形成されてしまいました。たとえば、ウケるかなと思って気軽にインスタグラムにアップした画像が、あっというまに世界中に広まって大バッシングということもあります。

さらには、ＳＮＳが常に身近にあることで、周りの人からの視線を恐れるようになっているとと感じます。私は大学で30年以上教えているので、学生たちの変化がよくわかるんですね。男女関係でも、いまは昔より連絡がとりやすい。当然、カップルもできやすいだろうと思ったら、逆です。好きな人に告白すると、ＬＩＮＥ仲間の間で噂《うわさ》が一気に広まる。なんなら告白の文面もさらされる。周りの目を恐れて、下手な動きができないのです。

いま、批評と誹謗中傷《ひぼうちゅうしょう》との線引きが難しいといわれています。もちろん誹謗中傷はいけないわけですが、ＳＮＳではすぐに批評との境目を飛びこえてしまう。心をズタズタにされてしまう。まるで、あちこちにナイフが用意されているような感覚です。

「世間が怖く感じる」「他者の目を恐れざるをえない」という感覚はいまの時代、全員に当てはまります。だからこそ、あらためて『人間失格』を読む価値があると私は思います。

◎『人間失格』をガイドに、自分の内面を掘り下げよう

『人間失格』は、自分の内面を深く掘り下げていくガイドになる本です。主人公の葉蔵は、これ以上ないいくらい自己分析をしていますからね。読めばあなたも内面に向かい、掘り下げていくことになるはずです。

昔は、友達と別れて家に帰ってくれば、親や兄弟と話す時間以外は一人になり、必然的に自分と向きあう時間がありました。しかし、スマートフォン全盛、ＹｏｕＴｕｂｅの時代であるいま、家に帰ってから寝る直前まで友達とＳＮＳでおしゃべりをし、動画やドラマなどを見て一日を終えることができてしまいます。

内面に向きあわずに過ごしているとどうなるか。うすっぺらい人間になります。なんとなく雑談はできるけれど、考えが浅く、誰でも言えるようなことしか言えない。そんな人間が、あなたの周りにもいませんか？　それは、自己分析ができていないからです。

『人間失格』はガイドとして強烈すぎるのでは、と思う人がいるかもしれません。しかし、内なる井戸のようなものに深くおりていくには、あるいは内面にある岩盤を掘るに

は、相当強固なドリルが必要です。**太宰治《だざいおさむ》は、自己という存在の最深部まで掘り進んだ人です。ものすごい覚悟を持って、死ぬ気で掘り下げ、それをこの作品にしています。**危険を冒して深海にもぐり、真珠をとってくるみたいなものです。ほとんど呼吸困難。というより、最も深いところの真珠を手に握ったまま、水死体となって浮かび上がったという感じでしょうか。

この、「死ぬ気で真実をつかみとる」という意志、これが『人間失格』が人気であり続けるもう一つの理由になっていると思います。

実は、太宰治は、小説がとても「うまい」人です。『走れメロス』や『斜陽《しゃよう》』のような傑作を読むと、それがよくわかります。ところが、『人間失格』は、そのうまさをふり捨てたようなところがある。もちろん小説として、構成やしかけなどとてもよくできているのですが、100点をとるのとはちがう声の絞りだしかたをしているような感じで、いっそう心に響きます。

きっと太宰には、文学のために死にたいという思いがあったのでしょう。**普通に正しく生きるのは、自分の役割ではない。ならば、世の中のイヤなところ、人間のダメなところ**

もたくさん見て、暴《あば》き、この身を投げうってでも真実を書く。そういう役割を担って、そして死んでいくのだ。そういう覚悟があったにちがいありません。

◎ 大庭葉蔵が、あなたの生きづらさを引き受けてくれる

『人間失格』をぱっと読んだ感じでは、主人公の大庭葉蔵はダメ人間のような気がするでしょう。『人間失格』というタイトルからしてもそう思いますよね。

しかし、「この人間に真実があるか、ないか」ということになると、**「深い真実がある」といえます。外から見るとダメ人間ですが、内側を見てみると大変な真人間《まにんげん》。葉蔵は、ダメ人間の皮をかぶった真人間なのです。**

世の中には、この逆の人もたくさんいるのではないでしょうか。一般的に真人間に思われているけれど、実は誠実に生きているとは言えないような人間。だから、太宰は世の中の嘘《うそ》に耐えられなかったのだと思います。世の中の常識、一般的な通念のようなものが積み重なって、人間の本質を押しつぶしているんじゃないか。「そんなものは嘘っぱちだ」と思って、『人間失格』の中でそれを暴いたのです。

『人間失格』を読むと、影響されて大変なことになるんじゃないかと思う人もいるかもしれません。葉蔵のまねをしたら、それこそ心中未遂しなきゃならないし、酒や薬におぼれて最後は脳病院ですから大変です。でも、普通はそうはなりません。

たとえば、いまYOASOBIというユニットの「夜に駆ける」という曲が大ブレイクしています。YOASOBIは小説を音楽・映像で具現化するというコンセプトで活動しており、「夜に駆ける」は、『タナトスの誘惑』（星野舞夜《ほしのまよ》）というネット小説を歌にしたものです。タナトスとは死への欲動のことです。「夜に駆ける」は、端的に言えば心中の歌。だから、「いま若者に心中の歌がウケている」なんて言われたりしています。

でも、そういう音楽を聴いたからといって心中しようと思うわけではありませんよね。むしろ、**生きづらさを過敏なほどに感じ、それを表現してくれているものに出合うと「自分の代わりにやってくれている」という気持ちになります。**

『人間失格』は、対人関係恐怖症の過敏なケースと見てとれるわけですが、「自分はそこまでじゃないな」とか「世の中の嘘を、こんなに敏感に受け止めてくれたから、深くえぐれたんだな」と、太宰の過敏さに感謝したくなるはずです。

◎「太宰の毒」は人生にジワジワと効く

『人間失格』のような名作文学には、事実を超えたリアリティがあります。『人間失格』は太宰治の自伝的小説であることはよく知られていますね。葉蔵は、太宰にかなり近い人物です。東北に生まれ、名士の子であり、美男子。時代は大正から昭和初期です。

しかし、フィクションも混じっています。それは、事実を超えたリアリティを追求しているからなのです。個人の話ではなく、普遍的な、本質に迫るためのしかけです。

「しょせん作り話じゃないか」と思う人がいたら、「文学はリアリティを追求している」ということを理解してほしい。虚構《きょこう》を交えてぼやかしているということではありません。**読み手が「葉蔵は自分だ」と感じてしまうほどの普遍性、リアリティを追求しているのです。**

いまは太宰の生きた時代とはちがうし、『人間失格』を読んでいる自分は金持ちでもイケメンでもないかもしれない。作家志望でもないかもしれない。それでも**「自分のことが書いてある」**と思ってしまう。それが優れた文学ということです。

『人間失格』はこのような「共感的読書」が向いています。一歩引いて「葉蔵は馬鹿だなぁ」と批判的に読むというより、「自分にもこういうところがあるなぁ」「この気持ちはわかる」と自分を重ねあわせながら読むと、非常に濃い読書体験ができます。

ある高校生が太宰の小説を読んでいたら、突然後ろから先生が「太宰の毒に勝てるか」と声をかけたそうです。私はこのエピソードがとても気に入っています。

太宰の作品には毒があります。『人間失格』という毒リンゴを差し出されて、その毒にやられてしまうことなく、どこまでいけるかと問うているのですね。

毒ですから、しばらく苦しい気持ちを味わうかもしれません。でも、**この毒がジワジワと人生に効くのです。「毒に勝つ」とは「毒を薬にする」ということです。自分の内面と向きあい、生きづらさをやわらげ、希望を感じることができるようになるのです。**

詳しくは本編で解説しますが、『人間失格』は絶望で終わっていません。希望の光が見えています。決して明るくはないけれど、描き切ったものには希望が感じられます。

◎ 本書のタイトル「超訳」の意味と目的

ただし、『人間失格』をはじめとする文学作品を真に理解するためには、ある種のコツが必要です。それは、**登場人物の心情に寄りそいながら、書かれていない部分を想像力でおぎない、自分の内面に小説の世界を展開させる**ということです。

そういった読み手の積極的な働き、つまり作品との共同作業によって成り立つのが、文学というものです。**私は文学に触れるとき、こんなにも複雑で豊かな作業を心の奥で行うことができる人類ってすばらしいと、いつも感じるんです。**

本書では、小説には書かれていない部分をあなた自身の想像力でおぎないやすくするように、作家・太宰治や登場人物の心情を読み解いていきたいと思います。

もしあなたが、過去に『人間失格』を読み、「弱すぎる人間の話」と思ったり、暗くて耐えられないと感じたりしたなら、そんなあなたにこそ、本書は読む価値があります。

この世にはさまざまな面があり、さまざまな人間がいる。一人の人間の中にも、さまざまな面がある。本書を読むことで、あなたの中の弱い面、あるいはちょっと斜《しゃ》に構える部分とか、純粋無垢《むく》な部分とかを発見できるかもしれません。

それが、本書のタイトルにある「超訳」の意味です。

さあ、あらためて**『人間失格』の世界にハマり、太宰の毒を薬に変えていきましょう。**

『人間失格』を理解する鍵《かぎ》

『人間失格』の行間にこめられた思いや意味を読み解く際に、鍵となる点をいくつか紹介する。これを押さえたうえで本書や小説を読めば、より深くその世界観が理解できるはずだ。

共感しながら読む

『人間失格』は、主人公・大庭葉蔵《おおばようぞう》の手記がメインであり、一人語りで進んでいく。これは太宰治《だざいおさむ》が最も得意とする文体だ。物語の筋を追うというよりも、葉蔵の心情に注目しているうちに、自然に大きく物語が展開していく魅力がある。葉蔵の心情に寄りそい、共感しながら読むことで、より深い読書体験になる。

笑いどころが意外に多い

葉蔵に共感しながら読む前提のうえで、笑えるところは笑ってしまおう。『人間失格』は全体的には暗い小説だが、笑える部分も少なくない。第三の手記で「悲劇名詞か喜劇名詞か当てっこする遊び」が出てくる。一見「悲劇」であるものを「喜劇」としてとらえるというしかけが用意されている。悲劇的な部分も、自虐《じぎゃく》的に笑ったり「また出た!」と笑ったりしながら読むと面白い。

声に出して読む

『人間失格』の言葉のうまさは、音読してみるとよくわかる。水がわき出るように、一人の人間の心情があふれ出る言葉が、次から次へと的確に出てくるのだ。リズムもある。本書でも意識的にそのような部分を抜き出しているので、「ここは」と思う箇所だけでも実際に声に出してみてほしい。

太宰治の人生と重なるリアリティ

『人間失格』は太宰治の自伝的小説だ。葉蔵の独白《どくはく》が、太宰の声と重なって聞こえてくるような感じがする。フィクションの部分もあるが、太宰が追求しているのは真実だ。現実よりも、さらにリアリティを持たせている。だから、「ここは作っている」と思うのではなく、太宰が身をけずって真に迫ろうとしていることを感じてほしい。

『人間失格』の登場人物

『人間失格』は、主人公の大庭葉蔵が幼少期から青年になるまで、さまざまな人と出会いながら展開していく。ここで主要な人物を紹介する。

大庭葉蔵

主人公。手記を書いた人物。東北の裕福な家に生まれた美男子だが、人間や世間に対して恐怖心を持っている。

ヒラメ

葉蔵の父の別荘に出入りしていた書画骨董《こっとう》商。本名は渋田。心中事件のあと引受人となる。

シヅ子

雑誌社に勤める女性。ヒラメの家を出た葉蔵と同棲《どうせい》する。五歳の娘・シゲ子は葉蔵を「お父ちゃん」と呼ぶ。

マダム

京橋のスタンド・バアのマダム。シヅ子と別れた葉蔵を世話する。「私」に写真と手記を渡した人物。

竹一

中学時代の級友。貧弱な体格で勉強もできないが、葉蔵の道化を見抜く。

堀木正雄

東京の画塾で出会った、六つ年上の画学生。葉蔵に酒や淫売婦《いんばいふ》などを教えた悪友。

ツネ子

銀座のカフェの女給。葉蔵がはじめて恋心を感じた女性で、心中しようとする。

ヨシ子

煙草《たばこ》屋の娘。神のように純粋無垢《むく》で、人を疑わない。葉蔵と結婚して新しい生活をはじめる。

薬屋の奥さん

夫と死別し銀座で薬屋を営む。片脚《あし》が不自由で松葉杖《まつばづえ》をついている。葉蔵にモルヒネを渡す。

テツ

六十歳近い、赤毛の老女中。実家の長兄の計らいで、脳病院から東北の温泉地での療養に移った葉蔵と生活をともにする。

私

「はしがき」「あとがき」のみに登場。マダムから写真と手記を受け取り、第三者として物語を伝える。

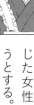

もくじ

第2章 「第二の手記」より

2「級友・竹一に見せた素顔」

第3章 「第三の手記」より

5「故郷からの絶縁」

6「ヨシ子との出会い、そして結婚」

7「無垢《むく》の信頼心」

8「人間失格」

終章「あとがき」超訳解説～もう一つの視点～

この本の読みかた

小説『人間失格』は、主人公である大庭《おおば》葉蔵《ようぞう》の三つの手記、「第一の手記」「第二の手記」「第三の手記」を、第三者である「私」による「はしがき」「あとがき」ではさんだかたちで構成されている。

本書『超訳　人間失格』では「第一～第三の手記」を次の8つのまとまりに分けて**超訳解説**していく。

1「道化の仮面」…第一の手記。生まれ故郷での葉蔵の幼少時代。

2「級友・竹一に見せた素顔」…第一の手記のうち中学時代。

3「酒、煙草《たばこ》、淫売婦《いんばいふ》」…第二の手記のうち、東京に出てきて堀木に悪徳を教えられ、左翼団体に入り、そこから逃げ出すまで。

4「ツネ子との出会い、そして死」…第二の手記のうち、ツネ子との出会い以降、心中事件の顛末《てんまつ》まで。

5「故郷からの絶縁」…第三の手記 一の前半。ヒラメの家に引き取

あらすじ

象徴的な場面

られるも逃げ出し、シヅ子と同棲《どうせい》。娘のシゲ子にまでおどおどするように。

6「ヨシ子との出会い、そして結婚」…第三の手記 一の後半。シヅ子の家を出て、ヨシ子と出会い、結婚を決める。

7「無垢の信頼心」…第三の手記 二の前半。ヨシ子との幸福な日々が一転、ヨシ子が犯され、自暴自棄になり大量の睡眠剤を飲む。

8「人間失格」…第三の手記 二の後半。最初の喀血《かっけつ》から、脳病院に入れられたのち東北の温泉地で療養する最後まで。

「はしがき」「あとがき」については「超訳解説」のみだが、8つのまとまりにはそれぞれ「漫画」「あらすじ」「超訳解説」「手紙」がある。小説『人間失格』から生きるヒントを得る助けにしてほしい。

「漫画」…象徴的な場面を見開きにまとめた漫画。

「あらすじ」…このまとまりのあらすじを紹介。

「超訳解説」…小説本文を引用しながらの考察。

「手紙」…手紙の形でまとめた、著者から読者へのメッセージ。

超訳解説

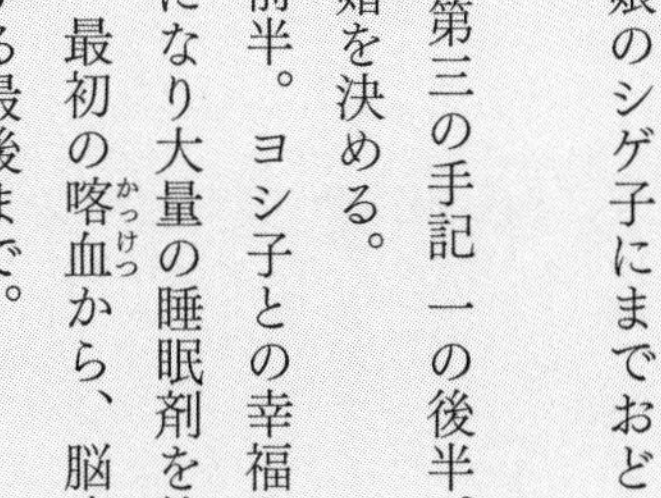

読者への手紙

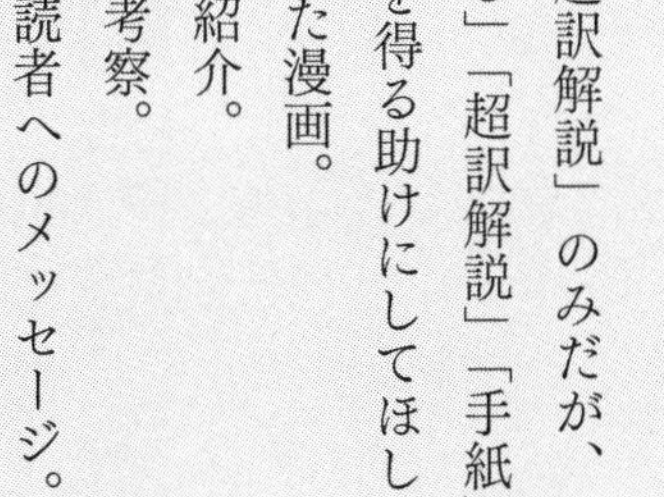

序章

「はしがき」超訳解説
～三葉の写真～

第三者の「私」が写真の感想を語る、見事な導入

『人間失格』は、「私」がある男の写真について回想する「はしがき」からはじまります。写真は三枚あり、それぞれ幼少期、青年期、そして白髪《しらが》交じりの年齢不詳な姿。この写真の男こそ、主人公である大庭葉蔵《おおばようぞう》なのです。

「はしがき」では、「私」が三枚の写真について感想を述べていきます。

『人間失格』は、小説の中に「はしがき」と「あとがき」が組み込まれているのが特徴で、絵でいえば「額縁《がくぶち》」のような役割をしています。絵を額縁に入れると、よりいっそう輝《かがや》く感じがしますよね。かつ、作品を少し引いた目で見ることができるようになります。

葉蔵の手記を読みはじめると、小説の世界に入り込んでしまいますが、第三者の「私」に

よる「はしがき」「あとがき」があることで、客観的にもなれます。

「はしがき」で面白いのが写真の効果です。

三枚の写真のうち、一枚目は、10歳前後の子どもが大勢の女の人に取りかこまれて笑っている写真です。鈍《にぶ》い人なら「可愛い坊ちゃんですね」と言ってしまうかもしれない。しかし「私」は、「この子は、少しも笑ってはいないのだ」と感じます。


まことに奇妙な、そうして、どこかけがらわしく、へんにひとをムカムカさせる表情の写真であった。私はこれまで、こんな不思議な表情の子供を見た事が、いちども無かった。


二枚目の写真も、奇妙です。学生服を着て、籐椅子《とういす》に座って笑っている男。おそろしく美貌《びぼう》の学生ですが、生きている人間の感じがしません。やはり「こんな不思議な美貌の青年を見た事が、いちども無かった」という感想です。

最後の写真が最も奇怪です。汚い部屋の片隅で、小さい火鉢《ひばち》に両手をかざしている、白髪交じりの男が写っています。今度は笑っていません。表情がなく、印象がありません。

写真を見たあとに目をつぶればもう、その顔を思い出せないほどの印象のなさです。

三枚の写真の感想をならべた、この短い「はしがき」は、「私はこれまで、こんな不思議な男の顔を見た事が、やはり、いちども無かった」と締めくくられます。

「見たことがない」三連発。この男はいったいどんな人物なのか？　それぞれの写真の間に、何があったというのか？　とても興味を引かれますね。見事な導入です。

三枚の写真をならべて、この人物の人生を想像するというしかけになっているのです。「顔」から何かを感じとる、というのもとても面白い。

私たちも、誰かの顔（写真）を見て「大変な苦労を乗りこえてきたのかな」などと思うことはありますよね。顔には人生が表れるといいます。そして、本人には見えず、他者から見えるのが顔。哲学者レヴィナスも、「顔」は「私と他者が対面する状況を表すもの」だとして、「顔」を一つの大きなキーワードに、他者性について哲学を展開しています。顔には、想像力をかき立てたり思想を深めたりするような力があるのです。

さて、小説『人間失格』の本編は、「第一の手記」「第二の手記」「第三の手記」の三つにわかれて構成されています。この手記と、三枚の写真に写る男の年代、すなわち幼年期、青年期、成人期とが対応していています。この男はどんな人生を送るのでしょうか。

第1章

「第一の手記」より

自分だけが「世間」を理解できない

名家に生まれ、何不自由なく育つ主人公・葉蔵。しかし内面には、理解できない他人への恐怖を抱え、それでも人間に対する求愛としての演技を続けていた。あなたも、他人を理解できない悩みを抱えていないだろうか。

あはははは
葉蔵！
アワワワワ

アハハハハ
ギャギャ
パタン
スル
バサ
バサ
はあ…

1

「道化の仮面」

〜人間の営みが理解できない〜

あらすじ

大庭葉蔵《おおばようぞう》は、東北の裕福な田舎の家に生まれた。

何不自由なく暮らしており、恵まれているようだが、葉蔵は深く悩んでいた。自分の幸福の観念と、世のすべての人たちの幸福の観念とが食いちがっているように思える。世の中の人たちは何に苦しみ、何を考えて生きているのか？　考えれば考えるほどわからなくなり、不安と恐怖におそわれてしまう。隣人と会話することができないのだ。

そこで考え出したのが、道化である。

人間に対する恐怖を隠し、ひたすら無邪気に楽天的にふるまい、おどけることで人間とつながろうとした。道化によって家族を笑わせ、下男《げなん》、下女《げじょ》にまで必死のサービスをしたのだ。

ところがあるとき、父親を怒らせそうになる事件がおこった。

葉蔵の父は東京によく出かけており、月の大半は上野《うえの》にある別荘で暮らしていた。ある上京の前夜、子どもたちを客間に集めてお土産《みやげ》は何がいいか一人ひとりたずねる父に、葉蔵は答えることができず、父親は不機嫌になってしまった。

その夜、大失敗をしたと布団の中で震える葉蔵。父親の機嫌をなおしたいばかりに、深夜客間に忍びこむ冒険をおかす。父親の手帳をこっそり開いて、ちっともほしくないけれど父親が与えたがっている「シシマイ」と書いた。果たしてこれが大成功。父親は手帳に葉蔵の書いた「いたずら」を見つけて笑い、上機嫌で獅子舞いのおもちゃを買ってきた。

一方で、勉強がよくできる葉蔵は学校で尊敬されかけていた。尊敬されるということも、恐ろしいことだった。人をだまして尊敬されても、いつか見破られたときに大変なことになるとおびえた。そこで、つづり方（作文）に失敗談を書いて提出するなどし、お茶目に見られることに成功したのだ。

またそのころ、葉蔵は女中や下男から犯されていた。しかし、それを誰にも訴えることができない。こうして身にまとった孤独の匂いが、後年多くの女性につけこまれる誘因の一つになったようだ。

超訳解説

「恥」に対する感覚の過敏さ

――恥の多い生涯を送って来ました。

第一の手記は、この有名な一文ではじまります。非常に印象的ですよね。いきなりそうきたか、という感じです。私はこの言葉が大好きで、学生たちとTシャツを作ったことさえあります。「恥の多い生涯を送って来ました」と言われると、読み手は意表をつかれた感があります。「あなたはどんな人生を送ってきましたか」と聞かれて、こうもはっきりと答えられる人はなかなかいないでしょう。

しかし、言われてみればたしかに、「自分もずいぶん恥ずかしい思いはしてきたなぁ」と思います。「恥をかいた」ことが問題なのではなくて、「恥」というものに対して過敏だったかもしれない。同じように思う人は多いのではないでしょうか。

恥とは社会的な感情です。世間の目を意識するほど、恥の感覚が強くなります。自己肯

定感を下げる要因の一つにもなる一方、道徳心につながることもある。とくに日本人は、「恥」の感覚を強く持っているといわれます。ですから、意表をつくようでありつつも、多くの人が共感してしまう出だしです。

次に、こう続きます。

——自分には、人間の生活というものが、見当つかないのです。

葉蔵は、**自分の幸福の観念と、世の中のすべての人たちの幸福の観念がちがうのではないか**と思っています。周りからは幸せ者だと言われるけれど、本人は「いつも地獄の思い」。自分に幸せ者と言ってくる人のほうが、はるかに幸福に見えます。そして、隣人の苦しみがわからないということに、苦しんでいる。

葉蔵の家は資産家です。裕福で、何不自由なく暮らすことができているんですね。この小説が設定している時代は大正末期から昭和初期だと思われますが、そのころはほとんどの人が貧しく、とくに田舎の農村部は地主とそれ以外の人々との間に大きな格差がありました。金持ち側にいる葉蔵は、貧しさゆえの苦しみを理解できません。

そこで「自分はラッキーだな」と思うこともできるはずです。しかも、勉強もできるし見た目もいい。他の人が貧しくてろくに食べられなかろうが、成績が悪かろうが、モテなかろうが知ったこっちゃないと思える神経ならよかったのでしょう。しかし葉蔵は、とても苦しみます。恵まれていることがむしろ負い目になっている。

本来、人はお互いに理解し、助けあっていくものなのに、恵まれているせいで普通の人の苦しみが理解できない。それはとてもマズイことなのではないかと思っているのです。

貧しければ、その貧しい生活環境と、それゆえの感性のようなものが自然と共有されます。周りの人とわかりあうことが多少なりともできる。でも、この時代に豊かな家に住んでいるというだけで、もうズレちゃっているわけです。

さらには、大家族の末っ子です。家父長制度の中では、家を継ぐのは長男。次男、三男というだけで冷《ひ》や飯食《めしぐ》いと言われてしまう時代、やがては何者でもないものにされてしまうことがわかっています。そんな運命も背負っているわけです。

太宰《だざい》自身も、津軽《つがる》の大地主の家に六男として生まれています。子どものころから、後ろめたさやよそ者意識を持っていたことでしょう。

現代人も悩む「隣人と何を話していいかわからない」

葉蔵は人間のことがわからないため、隣人とうまく話せないという悩みを持っています。

自分は隣人と、ほとんど会話が出来ません。何を、どう言ったらいいのか、わからないのです。

こういった感覚は、思春期にはよくありますよね。子どものころは無邪気に何でも話していたけれど、思春期になると突然、親や友達ともどう会話をしていいかわからなくなってしまう。自我が増大し、自意識と周囲とのギャップに悩んでイライラしたり、やたらと恥ずかしい気がしたりしてしまう。多くの人は共感できるのではないでしょうか。

ただ、その時期を越えて大人になれば、また普通に話せるようになるものでした。しかし、**いまは大人でも「隣の人と何を話していいかわからない」と思う人は多くなっている**

ように思います。全体的に雑談力が低下しているのです。

日々忙しく仕事に向かい、職場でもパソコンに向かっていることが多ければ、必然的に雑談の時間が減ります。メールやSNSでいろいろなおしゃべりをしていても、顔を合わせた会話とはやはりちがうものです。文字を使ったコミュニケーションの場合、相手の反応が見えません。相手の言葉にとっさに返す、ということもしなくていい。常に反応をうかがいながら、時間をかけてコミュニケーションできます。これに慣れすぎると、対面したときに距離感がつかめなくなってしまうのではないでしょうか。

とくに、新型コロナウイルス禍以降は、対面のコミュニケーションがさらに減ってしまいました。会議もオンラインが多くなり、効率的で便利ですが、雑談は減ったはずです。**普段雑談をしていないと、人と会話するチャンスがおとずれたときもとっさに声が出ないものです。それこそ何を話していいかわからない。話しかけて無視されるのが怖い。そして、壁を作ってしまうことになります。**

エレベーターで人と乗りあわせたとき、お店でお会計をしながらなど、ほんの15秒でも何気ない会話の練習をすることをおすすめします。

「道化」で人間とつながり、恐怖心を隠す

人間がわからず、世間が怖い葉蔵は「道化」という手段を考え出します。

そこで考え出したのは、道化でした。
それは、自分の、人間に対する最後の求愛でした。自分は、人間を極度に恐れていながら、それでいて、人間を、どうしても思い切れなかったらしいのです。そうして自分は、この道化の一線でわずかに人間につながる事が出来たのでした。おもてでは、絶えず笑顔をつくりながらも、内心は必死の、それこそ千番に一番の兼ね合いとでもいうべき危機一髪の、油汗流してのサーヴィスでした。

夏に赤いセーターを着て歩き、めったに笑わない長兄《ちょうけい》をもふき出させたり、下男《げなん》にピ

アノをでたらめに弾かせてインディアンの踊りを踊ったりして、家中の人を大笑いさせていました。道化とはピエロみたいなもので、ピエロがその滑稽《こっけい》な姿から元に戻った舞台裏というのはさびしい感じがしますよね。葉蔵の道化も、必死のサービス。本当の姿ではありません。それが写真に表れています。

その頃の、家族たちと一緒にうつした写真などを見ると、他の者たちは皆まじめな顔をしているのに、自分ひとり、必ず奇妙に顔をゆがめて笑っているのです。これもまた、自分の幼く悲しい道化の一種でした。

ここが「はしがき」の一枚目の写真とつながります。**本当にうれしいわけではないのに、笑う。サービスで笑っているのですね。**本当の笑いではないから、顔がゆがんでしまいます。それを洞察力のある人が見ると、「なんて、いやな子供だ」と思うのです。

葉蔵は人間が「わからない」というだけではなくて、恐怖心を持っています。

ふだんは、その本性をかくしているようですけれども、何かの機会に、たとえば、牛が草原でおっとりした形で寝ていて、突如、尻尾《しっぽ》でピシッと腹の虻《あぶ》を打ち殺すみたいに、不意に人間のおそろしい正体を、怒りに依って暴露する様子を見て、自分はいつも髪の逆立つほどの戦慄《せんりつ》を覚え、この本性もまた人間の生きて行く資格の一つなのかも知れないと思えば、ほとんど自分に絶望を感じるのでした。

この感覚は、現代のほうが共感できるのではないでしょうか。暴力的なものに対して敏感だし、繊細《せんさい》なのが現代です。たとえば電車で突然怒鳴《どな》る人がいたりすると、ドキッとしますよね。しかし、大正から昭和のはじめのころは、怒鳴ったり、手が出たりといった暴力的なものもけっこう受け入れられていました。乱暴な人は多く、家庭内暴力も実際よくありました。庶民《しょみん》の間では、お互い動物の本性のようなものを出しあいながら生きている部分があったのです。葉蔵は、そういう時代にいながらとても繊細に反応しています。人間に対して恐怖しながら、それを隠して明るくふるまっている。もうそれだけで、精神的によくない感じがしますね。一見、器用にお道化のサービスができていても、精神的に大きな負担を抱えています。

自分らしく生きるための人生力「二者選一《にしゃせんいつ》の力」とは？

道化の仮面がうまくいって、家中の人を笑わせている葉蔵ですが、あるときお道化のサービスができずに父親を怒らせかける事件がおこります。

葉蔵の父親は東京にいく用事が多く、そのたびに家族にお土産《みやげ》を買ってきます。この「父」がかなり強い存在なんですね。実際、父親のおかげで経済的に苦労することなく生活ができているわけですし、さからえない。しかも、子どもと対話的に交流するのでなく、一方的に決めつける人です。「子どもはこんなおもちゃがほしいに決まっている」と信じて、気持ちを聞くことをしません。

あるとき、めずらしく父親が客間に子どもたちを集め、一人ひとりお土産の希望を聞いたことがありました。葉蔵は口ごもってしまいます。どうせ自分を楽しくさせてくれるものなんてないという思いと、何であれ人から与えられるものを拒否できないという思いとが交錯し、何も答えられません。

もじもじしていると父親は不機嫌な顔で「やはり、本か。浅草《あさくさ》の仲店《なかみせ》にお正月の獅子舞いのお獅子、子供がかぶって遊ぶのには手頃な大きさのが売っていたけど、欲しくないか」と言います。葉蔵は返事ができません。お道化て答えられればいいのに、そうできないのです。

つまり、自分には、二者選一の力さえ無かったのです。これが、後年に到り、いよいよ自分の所謂「恥の多い生涯」の、重大な原因ともなる性癖の一つだったように思われます。

AかBかどちらかを選ぶ。その力さえないとなると、周りに流され、翻弄《ほんろう》されることになります。実は「二者選一《にしゃせんいつ》の力」はとても重要です。

実存主義では、選択することが自分らしさなのだと言います。人間は、否応《いやおう》なくこの世界に投げこまれた存在です。「どうして自分はいまここにいるのか？」と考えても、投げこまれていることはもうしょうがない。この世界を生きていくしかありません。そんな中でも、自分の選択によって、未来に向かって進むことはできます。これを「投企《とうき》」と呼びます。「投げられる」のではなく、みずから、かくあろうと「投げ、企《くわだ》てる」。**不条理《ふじょうり》な世界でも、自分で選択していくことが重要**なんですね。

それが、二つのうち一つを選ぶことすらできないということになると、「自分」がなくなってしまう。いろいろな人が入りこんできて、「まぁいいか」と言っているうちに流され続けてしまう。「蕎麦《そば》かうどんか」というときでさえ、はっきり言えない、決められないという人は、ちょっとマズイぞということになります。

「二者選一の力」は、人生力のようなものです。生活力より、もっと根底に必要な力です。この力がないと、なんとなく親のすすめた人と結婚して、なんとなく成り行きで仕事を選び、本当に好きなものは何なのかよくわからない……ということになってしまいます。それでは、「自分の人生を生きている」感じがしないでしょう。

AとBどっちの会社に就職すべきか？　AさんとBさんのどちらと結婚したほうがいいか？　**選択するときに悩むことも多いですが、それこそ人生の醍醐味《だいごみ》です。**

実存主義では「自由と責任」をセットで考えます。自分で選び、決定するというのは、自分の責任で生きるということです。人のせいにはできません。どのような結果になろうと、自分が選んだことです。一方、**人に選んでもらえば責任から逃れられますが、それは**

結局「自由でない」ことになります。

お土産をどうするか決められない葉蔵ですが、代わりに長兄が「本が、いいでしょう」と言って、その場は終わりました。

葉蔵はその夜恐怖に震えます。せっかくほしいものを聞いてくれたのに反応できず父を怒らせた、きっと恐ろしい復讐《ふくしゅう》をされると布団の中でがたがた震えるのです。そして、こっそり客間にいって父親の手帳を取り出し、お土産メモのところにほしくもない「シシマイ」と書きます。父親は獅子舞いのおもちゃを自分に買って与えたいのだと気づき、それに迎合《げいごう》して機嫌をなおしたいと思ったからです。

果たして、これは大成功しました。東京から帰ってきた父親は上機嫌。「そんなに欲しかったのなら、そう言えばよいのに。私は、おもちゃ屋の店先で笑いましたよ」と大声で母に話しているのが聞こえてきました。

葉蔵は心底ほっとしたでしょう。肉親でさえ、これほどまでに恐ろしく感じていたとは、先が思いやられますね。この**「二者選一の力」さえ持てないということが、「恥の多い生涯」の原因となっていく**のです。

尊敬される恐怖への答えが「お茶目」

家ではお道化をうまく演じた葉蔵ですが、学校では雲行きがあやしくなってきます。

——しかし、嗚呼《ああ》、学校！

「嗚呼、学校！」という大げさな感じが妙におかしいですね。太宰の作品には、ときどき笑ってしまうような文章が出てきます。『人間失格』も、ずっと暗いかというとそうではありません。笑いどころは用意されていて、私は笑ってしまう箇所にはニッコリマークを書いています。感情が動くというのは、読書体験の大事なポイントなんですね。

さて、なにをそんなに嘆《なげ》いていたのでしょうか？　なんと、学校では尊敬されかけていた！　ということです。葉蔵は勉強ができました。病弱なので学校を長く休むことがあっても、テストはできちゃう。「すごい！」と思われてしまったというのです。

尊敬されるのはいいことだろうと思ってしまいますが、葉蔵にとっては怖いことでした。人を「だまして」いると思っているからです。 誰か一人でも「こいつは本物じゃない、みんなをだましている」と気づき、まわりに教えたらどうなるだろう。みんな怒り狂って復讐してくるんじゃないか。そんなふうに思って、身の毛がよだつ思いをしています。

現代は有名人のスキャンダルがあると、みんなで叩いて、真っ逆さまに落ちていくのを喜んで見ている、ということが現実にあります。尊敬されているほど、落差が激しいわけです。その恐怖感というのはわかる気がしますね。

そこで葉蔵は、「お茶目」に見られるように努力しました。

> お茶目。
> 自分は所謂お茶目に見られる事に成功しました。尊敬される事から、のがれる事に成功しました。

「あいつがやるならしょうがないな」と言われるような「お茶目」なら、落下するにも低いところからだからダメージが少ない。 気楽なポジションを得ることに成功したのです。

自分が閉じこもっているのではなく、まわりが自分に殻《から》を閉じている、という感覚

しかし、本当の葉蔵はお茶目さんどころではありません。さりげなくショッキングな事実が明かされます。

――その頃、既に自分は、女中や下男から、哀《かな》しい事を教えられ、犯されていました。

要するに、下男下女たちに性的ないたずらをされていたわけです。いまの時代なら完全にアウトですね。しかし、この犯罪行為を誰にも言わず、忍びます。

――人間に訴える、自分は、その手段には少しも期待できませんでした。父に訴えても、母に訴えても、お巡《まわ》りに訴えても、政府に訴えても、結局は世渡り

に強い人の、世間に通りのいい言いぶんに言いまくられるだけの事では無いかしら。

誰かに訴えたところで、結局、世間のいいようにされるだけ。誰も本当の自分をわかってくれはしない、わかろうとしないだろうと思ってしまう。そんなふうに思うのには、それなりにワケがあります。

葉蔵の父の属する政党の有名人が、この町に演説にきたときのこと。聴衆は演説会からの帰り道に悪口を言います。父の開会の辞も下手なら、有名人の話もわけがわからん、と。下男たちも「演説会ほど面白くないものはない」とさんざんです。ところがその人たちが家に立ち寄ると「演説会は大成功だった」とうれしそうに父に話すではありませんか。

大人たちが互いにあざむきあっている……。幼い葉蔵はそれを間近に見ていました。重要なのは、あざむきあっていることそれ自体ではありません。**お互いあざむきあっていながら、清く明るくほがらかに生きている、あるいは生き得る自信を持っているように見えることでした。**葉蔵には、**そんな人間が難解すぎてわかりません。**それで、まわりの人たちにどうしても壁を感じてしまう。みんな心を開いてくれている感じがしない、と思っていたのです。

自分が下男下女たちの憎むべきあの犯罪をさえ、誰にも訴えなかったのは、人間への不信からではなく、また勿論《もちろん》クリスト主義のためでもなく、人間が、葉蔵という自分に対して信用の殻を固く閉じていたからだったと思います。

葉蔵が殻《から》に閉じこもるのでなく、人間が信用の殻を閉じているというのがちょっと面白い表現ですが、共感できる人も多いのではないでしょうか。

人づきあいの中では、自分からオープンになれば相手もオープンになるというところがあります。でも、**繊細な人は、早めに自分からシャッターを下ろしてしまいます。**本当にダメ出しをされる前に、「ダメそうですね、はいわかりました」と退《しりぞ》くほうが、傷つきません。いまの時代は、常に信用査定されているようなところがありますから、なおさらです。「クラス全体のＬＩＮＥグループには入れてあげるけど、仲間内のグループはダメ」というように、さまざまなグループのどこにまで入っていけるかで信用が査定されているような状態です。それをおたがいに重層的にやっている中では、自分からグイグイいく図々しさも持ちにくくなっている。しんどい時代だなと思います。

さて、下男、下女《げじょ》からの性的な犯罪さえ心のうちに秘め、黙し続けた葉蔵は、その孤独の匂いで女の人を惹《ひ》きつけるようになっていきました。

そうして、その、誰にも訴えない、自分の孤独の匂《にお》いが、多くの女性に、本能に依って嗅《か》ぎ当てられ、後年さまざま、自分がつけ込まれる誘因の一つになったような気もするのです。

つまり、自分は、女性にとって、恋の秘密を守れる男であったというわけなのでした。

「秘密を守れる人なのね」と女の人が次から次へと寄ってくるという、こんないいモテかたはないだろうと思ってしまいますが、そんなになまやさしい話ではありません。女難《じょなん》の相が出ている、といった感じです。葉蔵にとってはさらに大変なことがいろいろおこります。

葉蔵によく似たあなたたちへ

第一の手記には、「恥」が一つのキーワードとして出てきましたね。自分も「恥」に対して過敏かもしれない……という人に伝えたいのは、それはまともな品性を持っているということであり、間違っていないということです。一番まずいのは、恥を知らないこと。何をしても恥ずかしくないなんていう人がいたら、道徳心のない人です。

『人間失格』の葉蔵は、一見道徳心がないように感じるかもしれません。でも、恥を知っているわけですから、道徳心は最初から持っているのです。そのうえで、世間とのズレを感じ、距離感がつかめないと思っています。この感覚自体、共感できる人は多いでしょう。

葉蔵は、世間とのズレを埋めるものとして、「道化の仮面」を選びました。道化によって、世間とつながろうとしました。

こんなふうに明確に仮面をかぶった意識はなくても、多くの人は何かしら仮面をつけているのではないでしょうか。素のままの自分でうまくいき、周りにも受け入れられているならまったく問題ありませんが、そうはいかない場合も多いものです。

たとえば、人にやさしくする、親切にするというサービスの仮面をつける人もいるでしょう。本当は距離感がつかめないけれど、とりあえず人に良くしておけばいいのではないかと思って、仮面をつける。

ひたすら目立たないように、おとなしくしているという仮面もあるかもしれません。変なことを言って笑われたり、目をつけられたりしたくないので、とにかく静かにしているというのも一つの手段ですよね。

世間とズレを感じるときに、自分はどんな仮面をかぶっているのだろうか？　と思い返してみてください。仮面をかぶることは、決して悪いことではありません。罪悪感を持つ必要はないと思うのです。とくに若いころは、世間とのズレを感じながらも、なんとかうまくやりたいと思います。それは人間としてのまともな感性を持っているからこそです。

自分の仮面を意識してみることで、『人間失格』をさらに深く読むことができるでしょう。

齋藤　孝

第2章

「第二の手記」より

弱虫は幸福をさえ恐れる

故郷を離れた町で、東京で、いくつもの出会いの中で葉蔵は、明るい幸福に近づくと恐れて遠ざけ、暗い予言へと引き寄せられていく。葉蔵のつかみ損ねた「縁」「予感」をつかみ、不安や恐怖を克服していくには？

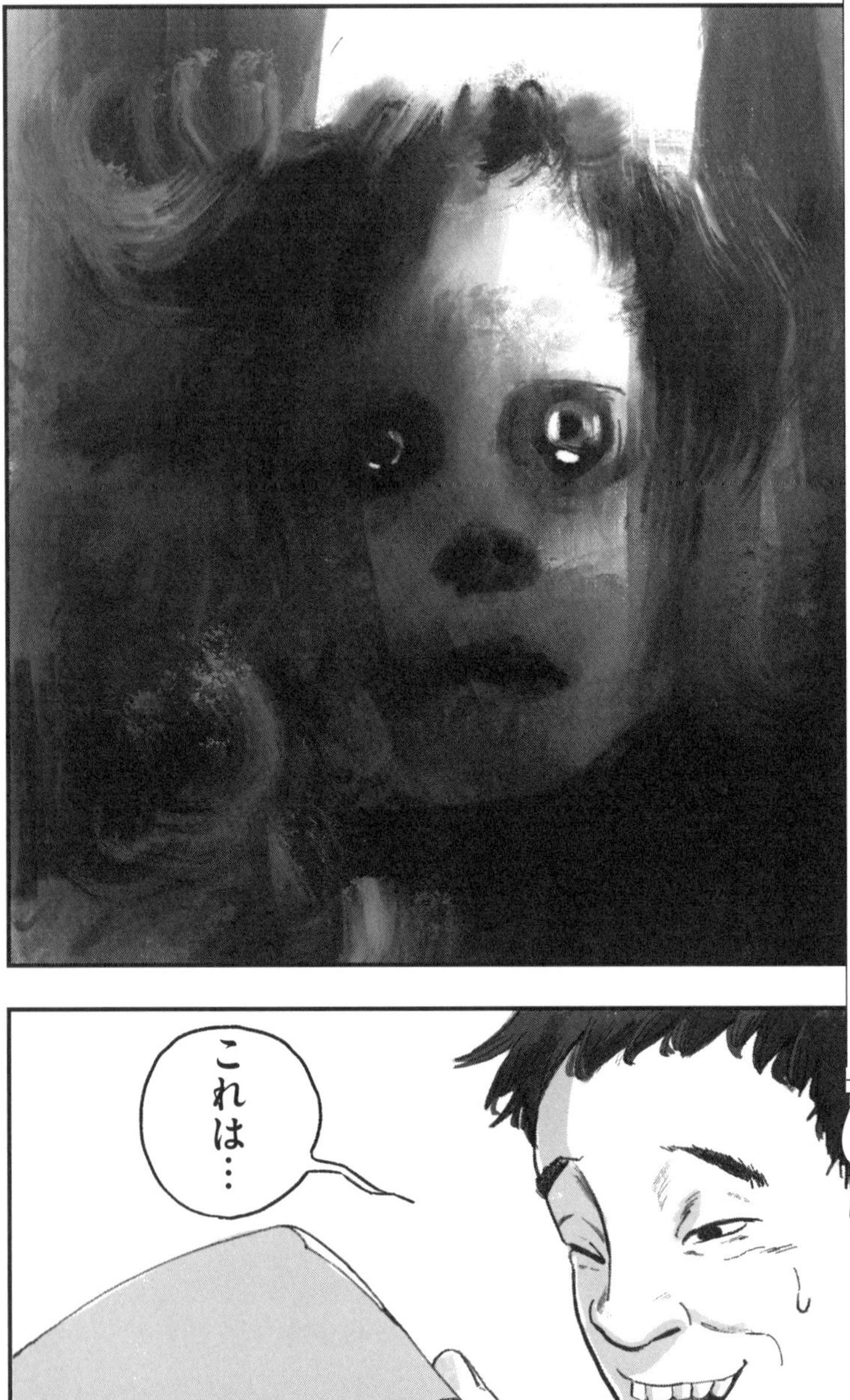
これは…

お前は、
偉い
絵画きに
なる

このとき
自分の額に
また一つ
烙印のように
その言葉が
刻み込まれたのだ

2

「級友・竹一に見せた素顔」

～見破った男の、二つの予言～

あらすじ

葉蔵《ようぞう》は、東北のある中学校に進学し、親戚の家から通いはじめる。道化の仮面もすっかり身につき、教室ではいつもクラスメイトたちを笑わせていた。自分の正体を完全に隠し切ったのではないかとほっとしかけた矢先に、事件がおこった。体操の時間に、鉄棒の練習をしていたときのこと。葉蔵はわざと厳粛《げんしゅく》な顔をして、えいっと叫びながら鉄棒に向かって飛び、そのまま前方の砂地に落ちて尻もちをついた。もちろん計画的な失敗だ。みんな大笑いする中、ズボンの砂を払っていると、竹一という、クラスで最も貧弱な体つきの鈍そうなやつに「わざとやったんだろう」と言われたのだ。まさか竹一に見破られるとは！　それからの日々は、不安と恐怖にさいなまれた。竹一がいつみんなに自分の芝居をばらすかわからない。それが恐ろしく、竹一に「あれは本物だったのだ」と思わせるようにあらゆる努力をし、あわよくば親友になろうとした。ある初夏の放課後。夕立ちにあってこまっている竹一を見つけ、「傘を貸してあげる」と言って家へ連れていった。

「耳が痛い」と言う竹一に、葉蔵は大げさに驚いて見せ、膝《ひざ》枕で耳だれの掃除までしてやる。すると竹一は、葉蔵の膝で寝たまま「お前は、きっと、女に惚《ほ》れられるよ」とお世辞を言ったのだ。後年になって葉蔵は、この言葉が「悪魔の予言」だったと思い知る。

竹一から得た予言はもう一つある。あるとき、竹一はゴッホの自画像を見せながら「お化けの絵だよ」と言った。葉蔵は涙が出るほど興奮した。ゴッホは、人間を恐怖しながら、道化などでごまかさず、見えたままの表現に努力した。その結果、描いた自画像が「お化けの絵」のように見えたのだ。

ここに将来の仲間がいる！　葉蔵は竹一に「僕もお化けの絵を画く」と言った。

実際に描いてみると、自分でもぎょっとするほど陰惨《いんさん》な絵ができた。しかし、これこそが自分の正体。素顔だ。葉蔵はそんな「お化けの絵」を竹一だけには見せるようになった。すると竹一は「お前は、偉い絵画きになる」と言った。

二つの予言を竹一から得て、葉蔵は東京に出ていくことになる。

超訳解説

道化の仮面を見破られた！

中学生になった葉蔵《ようぞう》は、竹一というクラスメイトに出会います。竹一はクラスの中でもとくにぱっとしない人物。勉強はできず、体操の時間はいつも見学というヤツで、葉蔵もさすがにノーマークでした。その竹一が、です。鉄棒の練習中に、わざと失敗して笑いをとった葉蔵のところへすっと近づき、背中をつつきながら低い声でささやいたのです。

——「ワザ。ワザ」

「わざとやったんだろう」という意味ですが、カタカナで「ワザ。ワザ」と書かれたこの一言は、なんとも言えず印象的です。

「わざとやった」と見破られる、演技していたことがバレるというのはとても恥ずかしいですね。私も子どものころは、おちゃらけてわざと失敗をし、それがバレて恥ずかしい思いをした経験があるなぁと思い出しました。

私がレギュラー出演しているフジテレビのニュースバラエティ番組「全力！　脱力タイムズ」で先日、お笑い芸人「かまいたち」の濱家《はまいえ》さんが激辛シュークリームを食べるコーナーがありました。濱家さんは「死ぬほど辛いやん」と苦しがったのですが、それが演技だったことを暴露されました。実は全部、甘いシュークリームだったのです。濱家さんは、うまいこと笑わせられたと思ったからこそ、恥ずかしくてたまりません。芸人さんでさえ、「わざと」がバレるのは恥ずかしいのです。しかも、葉蔵の場合は、クラスでもお馬鹿な感じのする竹一に見破られてしまいました。とんでもない屈辱的な事件です。

自分は、世界が一瞬にして地獄の業火《ごうか》に包まれて燃え上るのを眼前に見るような心地がして、わあっ！　と叫んで発狂しそうな気配を必死の力で抑えました。

いきなり「地獄の業火」です。「目の前が真っ白になった」くらいならありそうですが、地獄の業火に包まれてしまうのですから、葉蔵の感性の繊細《せんさい》さと激しさを感じます。

「ゆがみ」と「おかしさ」が同居する、太宰治の女性観

この事件のあと、葉蔵は竹一を手なずけようとしはじめるのですが、その戦略がちょっといやらしい。夕立でこまっている竹一を家に引っぱっていき、膝枕《ひざ》で耳掃除までしてやるのです。そのときに竹一が放った一言がこれです。

――「お前は、きっと、女に惚《ほ》れられるよ」

葉蔵はこの言葉を**「おそろしい悪魔の予言」**ととらえました。実際、葉蔵はこの後、次から次へと女の人が寄ってくることによって、死にかかるわけですからね。**女の人が悪いわけではなく、葉蔵は女の人とかかわると、どんどん転がり落ちていってしまうのです。**

もし、モテないことを気に病んでいる人がいたら「自分は葉蔵のようにモテなくて助かったな」と思ってみてはいかがでしょうか。

葉蔵にとって**惚れられるということは、尊敬されるのと同じように不安がつきまといます。**自分はそんなものではない、「本当の自分に惚れているわけではない」という気持ちから逃れられません。がっかりされ、復讐《ふくしゅう》される不安があるのです。

そういう女の人が次々やってくれば、ややこしい人間関係が増えることになります。**葉蔵は、女の人は男の人よりはるかに難しいと感じているん**ですね。何か失敗したときに女性から受ける傷は、「内出血みたいに極度に不快に内攻して、なかなか治癒《ちゆ》し難い」とさえ言っています。

そこから、葉蔵の「女性観」が語られていくのですが、これは太宰治《だざいおさむ》自身の女性観でもあり、ぜひ面白く読んでいただきたいところです。

女は引き寄せて、つっ放す、或《ある》いはまた、女は、人のいるところでは自分をさげすみ、邪慳《じゃけん》にし、誰もいなくなると、ひしと抱きしめる、女は死んだように深く眠る、女は眠るために生きているのではないかしら、その他、女に就いてのさまざまの観察を、すでに自分は、幼年時代から得ていたのです

が、（中略）
女は、男よりも更に、道化には、くつろぐようでした。自分がお道化を演じ、男はさすがにいつまでもゲラゲラ笑ってもいませんし、それに自分も男のひとに対し、調子に乗ってあまりお道化を演じすぎると失敗するという事を知っていましたので、必ず適当のところで切り上げるように心掛けていましたが、女は適度という事を知らず、いつまでもいつまでも、自分にお道化を要求し、自分はその限りないアンコールに応じて、へとへとになるのでした。実に、よく笑うのです。いったいに、女は、男よりも快楽をよけいに頬張る事が出来るようです。

ちょっとゆがんではいますが、当たっている部分もあるかもしれません。100％信じるかどうかは別として、女にモテては泥沼化してきた太宰治の女性観に触れることは、勉強になるのではないでしょうか。

葉蔵が中学時代に下宿していた親戚の家にも、姉妹がいました。葉蔵はその姉妹にもやはりかまわれます。ある夜、布団の中で本を読んでいると、アネサ（三十歳くらいの姉娘で、一度お嫁にいったがまた戻ってきていた）が突然部屋に入ってきて、布団の上に倒れて泣きます。そして、「葉ちゃんが、あたしを助けてくれるのだわね」と言うのです。何のことやらわからないまま、葉蔵は布団から出て柿をむいてやり、手渡してやりました。

このアネサに限らず、いったい女は、どんな気持で生きているのかを考える事は、自分にとって、蚯蚓《みみず》の思いをさぐるよりも、ややこしく、わずらわしく、薄気味の悪いものに感ぜられていました。ただ、自分は、女があんなに急に泣き出したりした場合、何か甘いものを手渡してやると、それを食べて機嫌を直すという事だけは、幼い時から、自分の経験に依《よ》って知っていました。

みみずの思いをさぐるよりもややこしいとはずいぶんな言いかたですが、葉蔵にとって、そのくらい女性というものがわからないということです。でも、甘いものを渡せば機嫌をなおすというのは、思わずクスッとさせられますね。

ゴッホの自画像を鍵《かぎ》とするこまやかなしかけとは？

「女に惚れられる」という予言をした竹一ですが、もう一つ重大なおくり物をします。葉蔵のところへ遊びにきた竹一は、持参した絵を見せながらこう言いました。

――「お化けの絵だよ」

葉蔵は、その絵がゴッホの自画像であることを知っていました。でも、「お化けの絵」だとは考えたことがなかったのです。自画像なのに、お化け。それはゴッホもまた、**人間を恐怖し、確実にそのおそろしさをとらえようとし、そして、道化などでごまかさず、見えたままの表現に努力したから描けたもの**です。

世間との距離感がわからないまま、誰にも理解されないまま、そんな自分を描いたらお化けの絵になってしまった。そう感じた葉蔵は涙が出るほど感動して、「ここに将来の自分の、仲間がいる」と興奮し、「僕も画くよ。お化けの絵を画くよ」と言います。それは、**本当の人間の姿を書くよ、**ということでしょう。ここでは絵の話になっていますが、小説家太宰治の覚悟が表れているところです。

実際、太宰治はゴッホを意識していました。ゴッホはかなり精神的に追い詰められながら、作品に向かい続けた人です。自ら耳を切り落とし、精神科病院に収容されたときは、病室でも精力的に作品を描き続けたといいます。

代表作と言われる「星月夜」という作品を見ると、星の周りに空気が渦巻いていて、おかしな絵と言えばおかしな絵です。精神的崩壊《ほうかい》ギリギリの絵というようにも見ることもできます。でも、私たちはその「星月夜」の迫力と美しさに感動します。それはやはりゴッホが身をていして表現したからでしょう。太宰にとってゴッホは、「自分の精神の危険を冒してでも、真実の絵を追求した人」なのです。

『人間失格』で描かれている葉蔵も、お化けのような存在です。本当の人間を描いたら、お化けになるのです。このあと葉蔵は絵を仕事にするのですが、真に迫る絵を描くことも、その機会を得ることもなく、代わりに手記を残しました。だとすれば、**この手記にこそ「お化け」が描かれている**ということではないでしょうか。

素晴らしく繊細なしかけです。名作というのは、実にこまやかに書いてあるんですね。「ゴッホの自画像」は、単に面白いから出しているわけではないのです。この部分はとても深みがあるところですので、じっくりと読み解いてください。

竹一の言葉によって絵に目覚めた葉蔵は、こっそり自画像の制作をするようになります。

自分でも、ぎょっとしたほど、陰惨な絵が出来上りました。しかし、これこそ胸底にひた隠しに隠している自分の正体なのだ、おもては陽気に笑い、また人を笑わせているけれども、実は、こんな陰鬱な心を自分は持っているのだ、仕方が無い、とひそかに肯定し、けれどもその絵は、竹一以外の人には、さすがに誰にも見せませんでした。

ぎょっとするほど陰惨《いんさん》な自画像を、竹一だけには二枚三枚と見せる葉蔵。そのたびに竹一は、褒《ほ》めてくれます。そして、二つ目の予言が飛び出しました。

──「お前は、偉い絵画きになる」

現代の刻印をするのは神ではなく人

惚《ほ》れられるという予言と、偉い絵画きになるという予言と、この二つの予言を馬鹿の竹一に依って額に刻印せられて、やがて、自分は東京へ出て来ました。

なんと面白い文章でしょうか。普通の人間には書けないぞと思ってしまいます。

まず、「予言を馬鹿によって刻印《こくいん》される」という状態がおかしいですね。旧約聖書の中には、罪を犯したカインが追放される際、神が額に刻印をしたという話があります。一方、葉蔵は「馬鹿の竹一」に刻印され、そして東京に出てきたというのです。

当時、東北から東京に出てくるのは大変なことですが、それにしても、どんな出てきかただよと笑ってしまいます。しかも、「女に惚れられる」と「偉い絵画きになる」ですからね。漫画『DEATH NOTE』で寿命が見えるように、見る人が見れば、葉蔵の額に「女に惚れられる」「偉い絵画きになる」と刻印が見えるなんて想像すると面白い。こんなふうに、予言が額に刻印されているイメージを持ってみるというのもいいかもしれません。地方の芸人さんが「天下をとる」と誰かに予言されて、それを額に刻印しながら東京に出てくるという感じでしょうか。

葉蔵は「馬鹿の竹一」に刻印されましたが、自分で自分に刻印することもあるでしょう。たとえば、「自分は暗い人間だ」と刻印を押してしまう。最近は「陰キャ」という言葉が学生の間でも定着していて、「自分は陰キャです」という人がけっこういます。陰気なキャラクターという意味で、対義語にあたるのは「陽キャ」です。

漫才コンビの「宮下草薙《みやしたくさなぎ》」では、ボケの草薙さんが陰キャを演じています。恐怖心のかたまりで、あらゆるものが怖い怖いと言っているキャラクターです。

「バイトの面接に受かったけど、自分なんかが受かるわけないから、やばい仕事をやらされるにちがいない。怖い怖い」

「女の人に誘われたんだけど、なにかだまされているにちがいない。怖い怖い」

とにかく、すべてのネタが草薙さんの人間恐怖症をめぐる漫才なんですね。葉蔵をものすごく面白くしているような感じです。

草薙さんは漫才としてやっているわけですが、自分で自分に「陰キャ」と刻印をすると、それに見合うように考えたり、行動したりしてしまう面は少なからずあります。

もしあなたが、何でもネガティブに考えようとしたり、目立たないように行動したりしてしまうなら、自分で陰キャの刻印をしてしまっているからかもしれません。

私のゼミにいる学生に言わせると、最近は「陰キャの仮面をかぶった陽キャ」もいるそうです。陰キャをウリにしているが、実は明るい。本物の陰キャからすると、そういう人は迷惑なのだそうです。ややこしくて面白いですね。

葉蔵によく似たあなたたちへ

あなたは、人に言われた言葉を「予言」として受けとめたことがありますか？

「あなたはきっと偉い人になるよ」。たとえばそんなふうに言われて、「どうせみんなに言っているんでしょ」などと思うのではなく、「これは予言だ」と受けとめることができたら面白いのではないでしょうか。

「予言」は将来の自分に対する期待感につながります。うまくいかなくて挫折しそうなときも「偉い人になるという予言があるのだから」と支えになってくれることもあります。

いまとても人気がある「アレキサンドロス」というバンドの川上洋平《かわかみようへい》さんは、高校時代にバンドを組んで、文化祭のステージに立ったときにロックミュージシャンを目指すことを決めたそうです。演奏がとてもウケて、周りにも「絶対イケるよ」と言われたのです。そして、「世界一のバンドになる」と公言。メジャーデビューまで時間はかかりましたが、日本のロック界を席巻《せっけん》する存在になりました。周りから応援された言葉を予言と考えれば、前に進む力になります。

「予言」は若いころだけのものではありません。40代には40代の未来があり、50代にも50代の未来があります。若いころのように「きっとこうなる」と人から予言的な言葉をもらうことは少ないかもしれませんが、自分の中で「予感」として受けとめることはできます。

たとえば、人と出会ったときに「この出会いはやがて大事なものになる」と予感するのです。その感覚を大事にしてみてください。飲み屋さんにいって「ここはいきつけになりそうだ」なんていう予感もいいですね。店には自然と足が向く、足が遠のくということがあります。身体感覚と結びつきながら、「縁がありそうだ」という予感が得られます。

縁がある・ないというのは、人生の中で助けになる感覚だと思います。縁があると思えば、前に進む力になるし、何かうまくいかなかったときは「縁がなかった」と思えばラクになります。

ポジティブな予言・予感を、未来の自分につなげていけるといいですね。

齋藤 孝

堀木正雄
この男に連れられて
酒と煙草を知った
ガヤガヤ
一時でも人間恐怖をまぎらす事ができるいいものだ
パァトス!
まあ!
そして
ボー…

淫売婦《いんばいふ》も…
人間でも女性でもない…
まるで白痴か狂人のよう…
かえって安心する…
同類の匂いだ…

3

「酒、煙草《たばこ》、淫売婦《いんばいふ》」

～非合法な日蔭《ひかげ》者《もの》の世界に居場所を探す～

あらすじ

葉蔵《ようぞう》は東京の高等学校に進学した。本当は美術学校にいきたかったが、父親の考えにさからうことはできず、言われたとおりにした。しかし、寮生活にはどうにも馴染《なじ》めない。肺の病気を理由に寮を出て、上野《うえの》にある父の別荘に移った。そして、ある画塾に通いはじめる。

そこで出会ったのが、六つ年上の堀木正雄だ。堀木は、まだ一言も話したことがないのに「五円、貸してくれないか」と言って近寄ってきた。その金で飲もうと言うのだった。

葉蔵は一人ではどこへいくのも恐ろしく、緊張してしまうので、堀木がいると助かった。堀木に教わった、酒、煙草《たばこ》、淫売婦《いんばいふ》は、人間恐怖をまぎらわすのにいい手段だということがわかってきた。

葉蔵には淫売婦が、人間でも女性でもなく、白痴か狂人に見え、かえって安心することができた。そのふところでぐっすり眠ることができたのだ。ところが、淫売婦との遊びには思いがけない「おまけの附録《ふろく》」がついてきた。「女達者《おんなたっしゃ》」の雰囲気をまとうようになってしまったのだ。それを堀木に指摘されると、にわかに興が覚めてしまう。

ある日、堀木に共産主義の研究会に連れていかれた。葉蔵はここのメンバーに気に入られた。葉蔵自身も居心地のよさを感じ、欠かさず会合に参加するようになる。

マルクス主義はどうでもよかった。非合法、日陰者《ひかげもの》の集まりであることに起因する地下活動の雰囲気が、肌に合ったのだった。

父親の議員の任期が終わるころ、東京の別荘も人手に渡り、葉蔵は引っ越さなければならなくなった。そして、たちまち金にこまった。それまでは父親の後ろ盾でツケにもできていたが、下宿の一人住まいになったらとたんに生活できないほどになってしまった。

さらに、地下活動グループから、息つくひまもないほど次々と用事を言いつけられるようになる。これほど忙しいとイヤになり、葉蔵は逃げ出した。逃げて、死ぬことにした。

そのころ、葉蔵に特別の好意を寄せている女が三人いたが、そのうちの一人が、ツネ子だった。

超訳解説

悪友との出会いで、不良少年に

竹一に押された刻印とともに東京に出てきた葉蔵《ようぞう》は、高等学校に進学します。本当は美術学校にいきたかったけれど、「父親に口応《くちごた》え一つ出来ないたち」なので、父親の意向に沿わざるを得なかったのです。

父親は葉蔵を役人にしたいと考えていました。この時代の旧制高校ですから、帝国大学に進学して、学者か役人になるというのがエリートコースです。

「シシマイ」のエピソードからもうかがい知れたように、葉蔵にとって父親は、経済的にも精神的にも影響が大きい存在でした。実はこの関係は、太宰《だざい》自身と父親にも当てはまります。太宰の父親は議員をしており、地元の名士として大きな権力を持っていました。

葉蔵は上野桜木町《うえのさくらぎちょう》にある父親の別荘で暮らしますが、議会があって父親が上京してきても顔を合わせないことが多く、小説の中にほとんど登場しません。しかし、この後も、葉蔵の生涯を通じて父親の存在がついてまわることを読みとってほしいところです。

そんな父親にさからえず高等学校に入ったものの、授業にはまったく身が入らず、画塾へ通うようになります。**その画塾で、六歳年上の悪友、堀木正雄と出会います。**

——自分は、やがて画塾で、或る画学生から、酒と煙草《たばこ》と淫売婦《いんばいふ》と質屋と左翼思想とを知らされました。妙な取合せでしたが、しかし、それは事実でした。

「ほう、一気に悪くなったな」、と思わせる文章。ものすごい要約力ですね。たった2行で、葉蔵が不良青年になったことがわかります。左翼思想それ自体は悪いわけではありませんが、当時の国家からすると不良です。**これまでの葉蔵は、道化でお茶目ポジションをきずいていたものの、むしろ優等生でした。それが、ここにきて悪の道に入っていったわけです。**そのガイド役が堀木でした。

それまで一言も話したことがないのに、堀木は突然「五円、貸してくれないか」と言って近づいてきます。葉蔵が金を持っているのを知っていて、つけこんできたのです。しかも、その五円で「飲もう」と言う。

「よし、飲もう。おれが、お前におごるんだ。よかチゴじゃのぅ」
自分は拒否し切れず、その画塾の近くの、蓬萊《ほうらい》町のカフエに引っぱって行かれたのが、彼との交友のはじまりでした。

金を借りた相手に、その金でおごるなんて言っています。返す気なんてさらさらありません。しょうもないヤツです。しかし葉蔵は拒否できません。そこがまたポイントです。**二者選一《にしゃせんいつ》の力もないし、拒否もできないのです。なんだかんだ言っても人間関係を求めているということでしょう。葉蔵は、悪友であってもすがってしまうところがあるのです。**

それで、あとあと大変な泥沼に入っていくことになります。

葉蔵は堀木のことを軽蔑《けいべつ》しているのですが、最初は「まれに見る好人物」だと思いました。東京に慣れていない葉蔵も、堀木がいるとラクなんですね。一人では電車に乗るのも怖い、歌舞伎座《かぶきざ》へいきたくても案内嬢が怖い、レストランでは給仕するボーイが怖い、支払いのときはあまりの緊張でお釣りも品物も忘れて帰ってしまうというくらいですから、堀木のような遊び人が一緒にいると助かるのでしょう。

この葉蔵の緊張ぶりはすごいですが、わかる気もします。レストランで「すみません、お水ください」と平気で言える人と、言えなくて我慢してしまう人がいますよね。私はどちらかというと後者です。相手にわずらわしくないタイミングをはかったりするのが面倒だし、状況を無視して図々しくたのむことができません。

一方、堀木は相手の状況も思惑《おもわく》も無視できるタイプです。

堀木と附合って救われるのは、堀木が聞き手の思惑などをてんで無視して、その所謂《いわゆる》情熱《パトス》の噴出するがままに、（或《あ》るいは、情熱とは、相手の立場を無視する事かも知れませんが）四六時中、くだらないおしゃべりを続け、あの、二人で歩いて疲れ、気まずい沈黙におちいる危懼《きく》が、全く無いという事でした。

「情熱とは、相手の立場を無視する事かも知れません」というのは見事な考察ですね。堀木は葉蔵とちがって、無神経で図々しい。これは「鈍感力」があると言えるかもしれません。敏感な葉蔵と、鈍感な堀木は不思議とかみあう。それで、心の底では軽蔑しながらもつきあい続けることになります。

人間恐怖を忘れさせてくれるもの

「酒、煙草、淫売婦」。堀木の教えた悪徳は、葉蔵の人間恐怖をまぎらわせてくれました。

――酒、煙草、淫売婦、それは皆、人間恐怖を、たとい一時でも、まぎらす事の出来るずいぶんよい手段である事が、やがて自分にもわかって来ました。

一種の逃げです。中毒みたいなものです。

まずは酒。太宰もよく酒を飲みました。坂口安吾《さかぐちあんご》は『不良少年とキリスト』の中で、太宰の死を悼《いた》みながら太宰の酒について書いています。「太宰は人間失格どころではなく、まっとうな人間だったが、晩年は二日酔い的でありすぎた。**誠実でまっとうだからこそ、自分の内面に人一倍苦しみ、忘れるための酒は必需品だった。**しかし、酒には二日酔いという付属品があり、それが太宰の精神をむしばんだ」といったことです。

それから、淫売婦です。

自分には、淫売婦というものが、人間でも、女性でもない、白痴か狂人のように見え、そのふところの中で、自分はかえって全く安心して、ぐっすり眠る事が出来ました。みんな、哀《かな》しいくらい、実にみじんも慾というものが無いのでした。

売春婦はお金をもらって性を売っていますから、お金に対して欲があるように思いそうなところです。しかし葉蔵は、「みじんも慾《よく》というものが無い」と言う。それどころか、売春婦たちに「マリヤの円光を現実に見た夜もあった」と言います。

のちに葉蔵は、聖母マリアを象徴とする処女信仰のようなものを持ちますが、このときは、**売春婦にマリアの円光を見るほど美しさを感じていたのです。社会に抑圧されながらもひたむきに生きている姿に心をうたれていたのかもしれません。**

そんな葉蔵ですが売春婦たちと過ごしているうちに、まったく思いがけない「おまけの附録《ふろく》」がついてきました。「モテる男の雰囲気」です。「女達者」という匂いがつきまとうようになってしまいました。葉蔵はそれからすさまじくモテるのです。

このモテっぷりがすごすぎて、実におかしい。次の文章なんて、爆笑です。

たとえば、喫茶店の女から稚拙な手紙をもらった覚えもあるし、桜木町の家の隣りの将軍のはたちくらいの娘が、毎朝、自分の登校の時刻には、用も無さそうなのに、ご自分の家の門を薄化粧して出たりはいったりしていたし、牛肉を食いに行くと、自分が黙っていても、そこの女中が、……

「どれだけモテるんだよ」とつっこみたくなる描写がこのあともまだまだ続きます。でも、モテ自慢ではないんですね。「大変な目にあっているなぁ」と思いながら読むところです。

葉蔵は、「女達者」という「卑猥《ひわい》で不名誉な雰囲気」を出すようになったことを堀木に指摘され、売春婦と遊ぶことにもにわかに興が覚めてしまいました。

正義とされているものに感じる嘘《うそ》臭さ

そんなある日、葉蔵は堀木に共産主義の研究会に連れていかれました。堀木にとっては「東京案内」の一つだったのでしょうが、これが葉蔵にフィットします。研究会の中で一大事のように話されているマルクス経済学自体は、当たり前のものに感じられ、むしろ滑稽《こっけい》だったのですが、そこにいる人たちのことが気に入ったのです。

キーワードは「非合法・日蔭者《ひかげもの》・犯人意識」です。

非合法。自分には、それが幽かに楽しかったのです。むしろ、居心地がよかったのです。

当時、共産主義、左翼活動は非合法でした。葉蔵は、**世の中の合法のほうが恐ろしく、非合法の世界のほうがラクな気持ちになれます。それは、正義とされているものにこそ、**

嘘《うそ》臭さを感じているからでしょう。

資本家は法にのっとってお金を貯めています。合法です。その合法の中で搾取《さくしゅ》が行われ、貧しい農民・労働者と豊かな資本家に分かれているではないか。葉蔵の家は資本家ですから、そういう罪悪感を持っているのでしょう。太宰自身も、左翼活動に傾倒《けいとう》している時期がありました。

> 日蔭者《ひかげもの》、という言葉があります。人間の世に於いて、みじめな、敗者、悪徳者を指差していう言葉のようですが、自分は、自分を生れた時からの日蔭者のような気がしていて、世間から、あれは日蔭者だと指差されている程のひとと逢《あ》うと、自分は、必ず、優しい心になるのです。そうして、その自分の「優しい心」は、自身でうっとりするくらい優しい心でした。

さらに「犯人意識」とも言いかえて、自分がいかに左翼活動グループの人たちと肌が合うかを説明しています。メンバーにも気に入られ、秘密の用事を次々にたのまれるようになりました。

「この世の中、全部間違っている」と思ったら

しかし、このグループからも逃げ出すことになります。

父親の議員の任期が終わるため、桜木町の別荘は売り払い、葉蔵は一人で下宿することになりました。すると、たちまち金にこまります。別荘にいる間は酒も煙草も食べ物も家にあったし、父親の後ろ盾で、「ツケ」であちこちいくことができていました。それがなくなると、毎月の仕送りだけでは生活できなくなってしまうんですね。常にお金に不自由して、狂わんばかりになります。堀木に教わって、質屋に通いますが、全然足りません。

金がないことに加えて、例の左翼グループの用事が、遊び半分ではできないくらい忙しくなったことも苦痛でした。

もともと、非合法の興味だけから、そのグルウプの手伝いをしていたのですし、こんなに、それこそ冗談から駒《こま》が出たように、いやにいそがしくなって

来ると、自分は、ひそかにPのひとたちに、それはお門《かど》ちがいでしょう、あなたたちの直系のものたちにやらせたらどうですか、というようないまいましい感を抱くのを禁ずる事が出来ず、逃げました。逃げて、さすがに、いい気持はせず、死ぬ事にしました。

葉蔵は、合法の世界から逃げて、非合法の世界にいきました。今度はそこからも逃げるのですから、もういき場所がありません。「逃げて、さすがに、いい気持はせず、死ぬ事にしました」というのは唐突《とうとつ》なようですが、**もうどこにも居場所がないということです。非合法のグループから抜ければ、完全に「裏切り者」です。罪悪感もあります。**左翼活動から離れることを「転向」と言い、当時、転向によって心に傷を負った人がたくさんいました。アイデンティティの崩壊《ほうかい》をおこすくらい、重大なことだったのです。転向研究という分野もあるくらいです。

「裏切り者」の道を選んで死ぬというのですから、結局、このグループも思っていたほどよくなかった、むしろイヤだったということです。中に入り込んでみれば、非合法のグループの中にだって嘘臭さがあります。権力関係だってあるし、いろいろな思惑がある。

本音と建て前はちがうじゃないかと、グループに対する嫌悪感が生まれたのでしょう。**嫌悪感は、いったん強く持ちすぎると厭世観《えんせいかん》につながります。世の中のあらゆるものがイヤになります。そして究極は、「世の中のみんなを殺すか、自分が死ぬか」。**そんな思考になってしまいます。「こんな世の中イヤだ。全部間違っている。だったら、自分を消してしまえ」という考えかたですね。

嫌悪感のある対象には、距離をとるか、慣れるかです。慣れるというのも重要なことです。私は学生に「きらいなものに慣れるトレーニング」をやってもらったことがあります。大きらいだと思うものを1週間褒《ほ》めてみる。すると、「それほどイヤじゃなくなりました」「むしろ好きになりました」と言うようになりました。

褒める立場に立ってみて、それを続けるというのはけっこう有効なトレーニングです。たとえばきらいな音楽がある人は、何度も聴いてみる。その音楽を好きな人のコメントを読んで「なるほど」と思ってみる。まあ、どうしてもイヤなものを無理に好きになる必要はありませんが、嫌悪感を持ち続けるよりは心がラクになったり、人間として奥行きが出たりするように思います。

葉蔵によく似たあなたたちへ

人間に対する恐怖、世間に対する恐怖。

あなたがそういう恐怖心を持っているとしたら、まぎらわすための手段を何か持っていますか?

葉蔵《ようぞう》の場合は「酒、煙草《たばこ》、淫売婦《いんばいふ》」でした。酒を飲みながら、妙に解放された軽い気分になったり、淫売婦のもとで安心して眠れたりしました。しかし、次第にのめりこみすぎた。依存症です。

恐怖をまぎらわすための、その場しのぎの手段には、薬物もあります。葉蔵はこのあと薬物中毒（依存症）にもなってしまいます。一時的に問題が解決したように見えても、本当の解決はできません。

依存によってまぎらわそうとすれば、最終的には葉蔵のように「人間失格」の烙印《らくいん》を押されてしまうかもしれないよ、というのはこの小説から得られる一つのメッセージです。

では他に何があるのか。

音楽を聞くことでまぎらわす人もいるでしょう。ドラマや映画にハマってまぎらわす人。作業的な仕事に熱中してまぎらわす人もいるかもしれません。対象に依存してしまい、抜け出せなくなるようなものでなければ、いい方法です。

さらに有効な手段だといえるのは、経験値を上げることです。実は葉蔵も、経験を積み重ねることで少しずつ恐怖心を克服していっています。最初はひどい緊張で一人で店に入ることも難しかったのが、堀木とあちこちいくうちに、一人で出歩けるようになっています。

依存のほうに傾くのでなく、こちらの正攻法でいけば葉蔵も「人間合格」の道を歩めたかもしれません。

「幽霊の正体見たり枯れ尾花」ということわざもあるように、正体を知ってしまえば意外とたいしたことないという場合が多いものです。よく知らないことは恐ろしく感じるけれど、慣れてしまえば「なんだ、この程度のことだったのか」と思う。

ですから、怖いと思うことも、一つひとつ課題を見つけて着実にこなしていくことで、自然と恐怖心は少なくなります。人づきあいも、怖いからと避けるより、飛び込んでいって少しずつ経験値を上げるのです。

齋藤 孝

あら、
たったそれだけ?
はじめて自分が、
恋したひとの声だけに
痛かった
のです。
銅銭三枚は
どだいお金では
ない!
とても生きて
おられない屈辱!!
…死のう…

ザァアアア
その夜　自分たちは
鎌倉の海に飛び込みました。
女のひとは、
死にました。
そうして
自分だけ
助かりました。

4

「ツネ子との出会い、そして死」

～名前も定かでない女と溶けあった気流～

あらすじ

葉蔵《ようぞう》は銀座《ぎんざ》のカフェで、女給のツネ子と出会う。

ツネ子の夫は詐欺《さぎ》罪に問われ、刑務所にいるとのことだった。ツネ子は侘《わ》びしさの気流のようなものをまとっていて、葉蔵のトゲトゲした陰鬱《いんうつ》の気流とほどよく溶けあうようだった。ツネ子に寄りそうと、葉蔵は不安や恐怖から離れることができた。

その日は幸福な夜を過ごした。

それからひと月、会わなかったが、堀木と飲んでいるときに葉蔵は、ツネ子のいるカフェへ堀木を誘う。道すがら堀木ははしゃいで、女給にキスをすると宣言。カフェに着くと、堀木のとなりにツネ子が座ったので、葉蔵はハッとした。ツネ子は、自分の目の前で堀木にキスをされてしまう。おしいという気持ちではなく、ツネ子がふびんに思えたのだ。

しかし堀木は、「こんな貧乏くさい女には、……」と言ってツネ子にキスするのをやめてしまった。葉蔵はこのとき、生まれて初めて恋心が動くのを感じる。

我をうしなうほど酔い、目覚めるとツネ子の家にいた。ツネ子から「死」という言葉が出て、葉蔵は気軽に同意する。世の中への恐怖、わずらわしさ、金、左翼活動、女、学業のことを考えると、この先、生きていけそうにないと思ったからだ。しかし、このときは強い実感はなく、死の覚悟はできていなかった。まだどこかに「遊び」がひそんでいたのだ。

二人で喫茶店に入り、ツネ子に「払っておいて」と言われた。葉蔵は銅銭三枚しか持っていない。はじめて恋した人に「あら、たったそれだけ?」と言われて、とても生きておられない屈辱を感じた。そして、死ぬ覚悟を決めた。

その夜、二人は鎌倉《かまくら》の海に入っていった。ツネ子は死に、葉蔵だけが助かった。

葉蔵は自殺幇助《ほうじょ》罪で警察に連れていかれたが、肺の病気が見つかっていたので病人扱いされた。検事の前で咳《せき》が出たとき、にせの咳を演技でつけ加えたところ「ほんとうかい?」と言われ、かつて竹一に、道化の芝居を見抜かれたのと同じ「しくじり」と感じる。

葉蔵は起訴猶予《ゆうよ》となったが、世にもみじめな気持ちだった。

超訳解説

幸福を知らないものは幸福からも逃げ出す

お金にこまり、左翼活動からも逃げ出したいと思っているころに出会ったのがツネ子です。追われるような気持ちを落ち着けようと、一人で銀座《ぎんざ》のカフェ(現代ではホステスのいるクラブのようなところ)に入り、女給に話しかけます。

「十円しか無いんだからね、そのつもりで」

と言いました。

「心配要りません」

どこかに関西の訛《なま》りがありました。そうして、その一言《ひとこと》が、奇妙に自分の、震えおののいている心をしずめてくれました。

葉蔵はツネ子に対してはなぜか最初から安心して、お道化を演じる気もおこらず、ただ

黙ってお酒を飲みます。ツネ子はこれまで出会った女の人とちがいました。特別な存在です。それは、**侘《わ》びしさの気流のようなものをまとっているからだと葉蔵は感じます。**

> 無言のひどい侘びしさを、からだの外郭に、一寸くらいの幅の気流みたいに持っていて、そのひとに寄り添うと、こちらのからだもその気流に包まれ、自分の持っている多少トゲトゲした陰鬱の気流と程よく溶け合い、「水底の岩に落ち附く枯葉」のように、わが身は、恐怖からも不安からも、離れる事が出来るのでした。

とても文学的な表現ですね。ツネ子の「身のまわりに冷たい木枯らしが吹いて」いたとも言っています。体の外側を包んでいる気流ですからオーラのような感じですが、「侘びしさの気流」なんですね。葉蔵はこれまで、幾多《いくた》の女の身の上話を馬耳東風《ばじとうふう》と聞き流してきました。**ただ「侘びしい」と一言つぶやいてくれればよかったのに、誰もそんなことは言わなかったのです。**ところが、ツネ子は言葉ではなく「侘びしい」オーラを持っていました。これに葉蔵は深く共感します。**「ああ、この侘びしさでつながれた」という感じ**でしょうか。この感覚は、淫売婦《いんばいふ》のもとで感じたものとはまったくちがいます。葉蔵は、ツネ子と一緒に過ごした夜を、この手記を通じて唯一、「幸福な」という言葉を肯定的に使って「幸福な解放せられた夜」だと表現しています。

にもかかわらず、朝になると葉蔵は、いつものお道化者に戻ってしまいました。その理由がまた、太宰《だざい》ならではの感覚でつづられています。

弱虫は、幸福をさえおそれるものです。綿で怪我《けが》をするんです。幸福に傷つけられる事もあるんです。傷つけられないうちに、早く、このまま、わかれたいとあせり、れいのお道化の煙幕を張りめぐらすのでした。

「綿で怪我《けが》をする」というのがいいですね。幸福はやわらかい綿のようなのに、勝手に傷ついてしまう。恐れてしまう。それは、幸福に慣れていないからでしょう。**幸福を味わったことがなければ、幸福が訪れたときに怖くなって自分から離れてしまう**というのはあるわけです。そういう意味では、幸福になりづらいタイプということになりますね。実際に葉蔵は、馬鹿げたことを言ってツネ子を笑わせ、素早く引き上げてしまいました。

「貧乏くさい女」と言われて、動く恋心

それからひと月、葉蔵はツネ子に会いません。ツネ子がカフェのお勘定を負担してくれたことも含めて、恩を受けたことがかえって恐ろしくなり、会いにいくことができない。会えば脅迫されるのではないか、怒られるのではないかとおびえていました。

再会したのは、堀木と一緒に飲んで酔っているときでした。お金もないのに堀木がさらにどこかで飲もうとしつこいので、ツネ子のいるカフェに連れていったのです。

カフェへ向かいながら、堀木ははしゃいで「女給にキスする」と宣言します。カフェにつくと、堀木の隣にツネ子が、葉蔵の隣にはもう一人の女給が座りました。

自分は、ハッとしました。ツネ子は、いまにキスされる。
惜しいという気持ではありませんでした。自分には、もともと所有慾《よく》という
ものは薄く、また、たまに幽《かす》かに惜しむ気持はあっても、その所有権を敢然

と主張し、人と争うほどの気力が無いのでした。のちに、自分は、自分の内縁の妻が犯されるのを、黙って見ていた事さえあったほどなのです。

えっ？　あっさりとネタバレ。

「内縁の妻が犯されるのを、黙って見ていた」とあります。小説として考えれば、このあとに出てくる妻ヨシ子が犯される事件はクライマックスです。**最もドラマチックなところを何気なく言っちゃっています**ね。

物語の筋を楽しむ場合、次はどうなる？　その次はどうなる？　と先が気になって引きこまれていくということがあります。「ストーリー展開を楽しむのが小説」と思っている人もいるのではないでしょうか。

しかし、『人間失格』はそうではない。ドラマ的なテンションをあえて上げないようにしています。**これは「ドラマチックな小説」ではなく、あくまでも葉蔵の「手記」なのだという表明**です。もちろん、「手記」のかたちをとった小説なのですが、このかたちをとったことに意味があるわけです。**「私の心情に集中してください」というメッセージでもある**と思うんですね。

ストーリー展開を楽しむものと思っていると、文学作品の中には「?」と思うものがよくあるのではないでしょうか。川端康成《かわばたやすなり》なんかを読んでいただくとわかりますが、『雪国』でも『山の音《おと》』でも、ストーリー展開というほどのものがほとんどない。**外の世界と自分の内面世界が溶けあっているような感覚。その心の世界の中にふーっと入っていくという、そういうかたちの小説もあるんだということです。**

葉蔵は人間のいざこざに巻きこまれたくないので、これから堀木にキスされるだろうツネ子のことも黙って見ています。しかし、事態は思いがけないほうへ展開します。堀木が突然「やめた!」と言うのです。

「さすがのおれも、こんな貧乏くさい女には、……」

――閉口し切ったように、腕組みしてツネ子をじろじろ眺め、苦笑するのでした。

貧乏くさい女。傍若無人《ぼうじゃくぶじん》な堀木の言葉です。霹靂《へきれき》に撃ちくだかれた思いの葉蔵は、浴びるほどお酒を飲みます。そして、はじめて恋心を自覚するのです。

いかにもそう言われてみると、こいつはへんに疲れて貧乏くさいだけの女だな、と思うと同時に、金の無い者どうしの親和（貧富の不和は、陳腐のようでも、やはりドラマの永遠のテーマの一つだと自分は今では思っていますが）そいつが、その親和感が、胸に込み上げて来て、ツネ子がいとしく、生れてこの時はじめて、われから積極的に、微弱ながら恋の心の動くのを自覚しました。

恋は、自分と相手とが、他の人とはちがうところでつながれると感じるからこそはじまるものかもしれません。葉蔵は、堀木に否定されたことによって、むしろツネ子を愛《いと》しく思うようになりました。

そして、かつてないほど酔った葉蔵が目を覚ますと、ツネ子の家にいました。

それから、女も休んで、夜明けがた、女の口から「死」という言葉がはじめて出て、女も人間としての営みに疲れ切っていたようでしたし、また、自分も、世の中への恐怖、わずらわしさ、金、れいの運動、女、学業、考えると、とてもこの上こらえて生きて行けそうもなく、そのひとの提案に気軽に同意しました。

けれども、その時にはまだ、実感としての「死のう」という覚悟は、出来ていなかったのです。どこかに「遊び」がひそんでいました。

あらゆるわずらわしさから逃げだしたい葉蔵と、疲れ切っているツネ子。**二人は共振し、一緒に死のうという話になった。一人ではなかなか勇気が持てないけれど、気流感覚でつながれる人と一緒なら、**ということです。

心中してもいいくらいの感触というのが、昔は愛を確かめる方法の一つでした。江戸時代には、近松門左衛門《ちかまつもんざえもん》の『曽根崎心中《そねざきしんじゅう》』をはじめ「心中もの」というジャンルは人気がありました。身分のちがいや、世間のさまざまな制約の中で男女が愛をとげるには、心中しかない。世間からつまはじきにされた二人、侘びしさや孤独感で結ばれた二人が一緒に死ぬわけです。そのくらいの一体感というものが、一つの愛のかたちなんですね。

葉蔵とツネ子の間にあったものは、「愛」とは言い切れないかもしれません。けれども、**一緒に死んでもいいと思えるくらい、侘びしさで結ばれていた**のです。

生と死の間にあるはずの大きな隔《へだ》たり

その日のうちに、葉蔵とツネ子は心中します。

葉蔵の死の覚悟が実感として固まったのは、二人で入った浅草《あさくさ》の喫茶店でした。ここの代金を払っておいてとツネ子に言われてがま口の中を見ると、銅銭三枚しかありません。いまの感覚で言えば、50円玉が三枚という感じでしょうか。まごまごしている葉蔵にツネ子が言った「あら、たったそれだけ？」という言葉が、骨身にこたえるほど痛く感じます。

それは、自分が未《いま》だかつて味わった事の無い奇妙な屈辱でした。とても生きておられない屈辱でした。所詮《しょせん》その頃の自分は、まだお金持ちの坊ちゃんという種属から脱し切っていなかったのでしょう。その時、自分は、みずからすすんでも死のうと、実感として決意したのです。

これから死ぬという話をしているのだから、お金がないことくらい、もういいだろうと思ってしまうところです。ところが葉蔵は屈辱を感じるんですね。**お金持ちなら お金持ちで負い目を感じるし、お金がなくなればなくなったで屈辱を感じるという、面倒くさいヤツ**です。もうつきあいきれないよ、と言いたくなります。

お金のなさに屈辱を感じて、実感として死ぬ覚悟を決めたと言っていますが、その程度の覚悟だということです。たいした理由はないのです。これまで積もり積もった不自由さ、世間に対する恐怖や嫌悪はありますが、きっかけはこんなものです。

実は、ツネ子の名前すらたしかではありません。手記の中で最初に登場したとき、次のように言っています。

ツネ子（といったと覚えていますが、記憶が薄れ、たしかではありません。情死の相手の名前すら忘れているような自分なのです）に言いつけられたとおりに、銀座裏の、或《あ》る屋台のお鮨《すし》やで、少しもおいしくない鮨を食べながら、（そのひとの名前は忘れても、その時の鮨のまずさだけは、どうした事か、はっきり記憶に残っています。そうして、青大将に似た顔つきの、丸坊《まるぼう》

主《ず》のおやじが、首を振り振り、いかにも上手みたいにごまかしながら鮨を握っている様も、眼前に見るように鮮明に思い出され、

一緒に死のうとした女性の名前は憶えていないが、鮨《すし》のまずさと鮨を握っていたおやじの顔は鮮明に覚えている。いかにも薄情な感じがしますね。ただ、ツネ子とは出会ったばかりで、心中するまでに2回しか会っていません。**はじめて恋心は感じたものの、関係性はうすい。それなのに心中したことを、奇妙に感じるかもしれません。**

しかし、これはリアルな話でもあります。実際太宰治《だざいおさむ》自身も似たような心中事件をおこしています。銀座のカフェの女給、田部《たなべ》シメ子とは3回しか会っていませんが、一緒に鎌倉の海で死のうとしました。

二人は深く愛しあっていたというよりも、死への欲動、タナトスで結ばれてしまったということなのでしょう。フロイトは、人間は生への欲動「エロス」とともに、死への欲動「タナトス」を持っていると分析しました。人間は生きたい、愛したいと思っているというだけでは説明できないのですね。

死は、あらゆるわずらわしさから逃れる究極の手段です。死ぬということで、記憶する

存在自体をなくすということです。

ただし、**ほとんどの人は、生と死の間には大きな隔《へだ》たりがあります。「彼岸《ひがん》」は向こう岸という意味で、生きているこちら側の世界との間には川が流れています。ところが、生と死が地続きになっていて、その境界をさりげなく乗りこえてしまう感覚を持つこともありえます。**葉蔵とツネ子にとって、生と死は地続きでした。だから気軽に同意し、死へと向かいました。最初はまだどこか本気ではない、いわばエロスとタナトスの境界にあるグレーゾーン、遊びの部分に葉蔵はいました。でも、銅銭三枚しか持っていないのを「あら、たったそれだけ?」と言われて屈辱感を感じ、死の側へ踏みこんでしまったのです。

その程度のきっかけで死の側にいけてしまうほど、葉蔵にとっては生と死が地続きだったたということです。

——女のひとは、死にました。そうして、自分だけ助かりました。

大変なことですが、さらりと書いています。初めて恋心を自覚してからツネ子が死ぬまでたった2ページ。ツネ子は本当にあっけなく死んでしまいました。これもまた、死への地続き感を表現していると読み解くべきでしょう。

このあっさりした書きかたに違和感を覚える人がいるかもしれません。**しかし、最近は「死への地続き感」に共感する若い人も増えているような気がしています。**

「はじめに」でお話ししたYOASOBIの「夜に駆ける」は、まさに「死への地続き感」が感じられます。女の子の自殺を止めようとしていた男の子が、最終的には一緒に死ぬことに決め、手をつないで飛びおりてしまうという歌です。これが大ヒットしているほかにも、死を歌う歌は多く、「ヨルシカ」や「ずっと真夜中でいいのに。」といった夜系アーティストが人気です。

昭和の歌謡曲「昭和枯れすすき」では「貧しさに負けた／いえ世間に負けた／この街も追われた／いっそきれいに死のうか」なんて歌っていました。まさに世間につまはじきにされた二人の心中です。最近はポップにかっこよく心中を歌うようになっていますが、これはこれでちょっと「大丈夫なのかな」と思ってしまいます（ただし、「はじめに」でも触れたように、死の歌を聞いたからといって死ぬわけではありません。むしろ、勇気づけられている人が多いのです）。

実は私も、若い人から自殺の予定を知らされたことがあります。いつ、どこから飛びおりて死ぬつもりだという話をされ、必死に止めました。理由を聞くと、正直「そんなことで……」と思ってしまったのを覚えています。

しかし、「死ぬ理由」なんて、周りの人はなかなか理解できないものです。

いまをときめく芸能人の自殺のニュースなどに触れると、「あんなに人間大合格のような人がなぜ」と思いますが、内面はわかりません。見た目も才能も恵まれているように感じる人でも、自ら命を絶つなんていうことがおこりえる。

そういう意味でも『人間失格』はリアルです。葉蔵は裕福で見た目もよくエリートコースを進んでいたのですから、周りから見れば「あの人がなぜ」でしょうし、**きっかけ自体は些細《ささい》なことでも、もともと死への地続き感があり、苦悩が渦巻いていた**のです。

もちろん、**死へのあこがれを持ち、境界をあっさりと飛びこえるなどということが、いいはずはありません。**ある時期、死を考えたという人は、『人間失格』を読んでおくことで、「葉蔵が自分の代わりに死のうとしてくれた」と考えてほしいところです。

葉蔵は一人生き残り、また侘びしさを強くします。故郷からやってきた親戚に、父をはじめ家族みんな激怒しているから、これっきり絶縁かもしれないと言われますが、そんなことより葉蔵はツネ子が恋しかった。病室でめそめそ泣いてばかりいました。

悲《ひ》惨《さん》なしくじりの思い出

心中しようとして助かった葉蔵は、病院で左肺に悪いところが見つかり、それが好都合でした。自殺幇助《ほうじょ》罪で警察に連れていかれても、病人扱いしてもらえたからです。罪人として縛《しば》られていることでかえってほっとして、ゆったりした気持ちになっていた葉蔵ですが、このころの思い出の中で一つだけ、「冷汗三斗《れいかんさんと》の、生涯わすれられぬ悲惨《ひさん》なしくじり」がありました。

取り調べ中、咳《せき》が出るのでハンカチで口を覆っていると、そのハンカチについている血を見つけた署長が、「からだを丈夫にしなけれや、いかんね。血痰《けったん》が出ているようじゃないか」と言います。本当は、前夜、耳の下にできた小さいおできをいじっていて、そのおできから出た血のあとでしたが、葉蔵は誤解を解きません。

検事からの取り調べを受けているときでした。物静かな検事にまったく警戒せず、ちょうど咳が出たので、ゴホンゴホンとおまけの咳を大げさに二つほど加えました。血のついたハンカチで口を覆い、検事をちらと見ると、「ほんとうかい？」と言われたのです。

「ほんとうかい？」
ものしずかな微笑でした。冷汗三斗、いいえ、いま思い出しても、きりきり舞いをしたくなります。中学時代に、あの馬鹿の竹一から、ワザ、ワザ、と言われて脊中《せなか》を突かれ、地獄に蹴落《けおと》された、その時の思い以上と言っても、決して過言では無い気持です。あれと、これと、二つ、自分の生涯に於《お》ける演技の大失敗の記録です。検事のあんな物静かな侮蔑《ぶべつ》に遭うよりは、いっそ自分は十年の刑を言い渡されたほうが、ましだったと思う事さえ、時たまある程なのです。

演技を竹一に見破られたときと、検事に見破られたとき。これが生涯における演技の二大失敗だと言っています。まだそんなことを言っているのか、と言いたくなりますね。一度**生と死の境界を飛びこえようとしてなお、変わらず恥や屈辱に対して敏感**な葉蔵です。

葉蔵によく似たあなたたちへ

ここであなたにお伝えしたいことは、2つあります。

一緒に死にたくなるような、「気流感覚」の出会いを大切にしてくださいということ。

それから、本当に死んでしまってはいけないということです。

あなたは、これまでの出会いの中で、相手の気流と自分の気流が溶け合うような感覚を感じたことがあるでしょうか。

ツネ子の持つ侘《わ》びしさは、見た目だけではありません。たたずまい、言葉遣い、そしてすべてを包み込む気流に侘びしさがありました。気流は、身体抜きにはありえません。また、その人の本質から吐き出される空気のようなものです。

お互いの気流が溶けあい、自分と同類のようなものを感じて、不安や恐怖からラクになる。この感覚は「愛」とは言い切れないかもしれませんが、一緒に死にたくなるような人間だということです。「気流感覚」を大事にすると、人との出会いの質は変わるように思います。

ただし、本当に死んではいけません。あなたは死を、どこまでリアルに考えたことがありますか？　死を美化して祭り上げるような作品に触れることもあると思いますが、「甘美な死」なんてありません。

葉蔵とツネ子を見てください。ツネ子は心中するつもりで一人だけあっさりと死んでしまいました。一緒に死んでくれると思った相手は、相変わらず恥に敏感なまま生き続けています。

死が劇的に何かを変えてくれるかと思ったら、そんなことはないのです。ツネ子は侘びしいままでしょう。葉

●本書へのご意見・ご感想をお聞かせください。

ご協力ありがとうございました。

郵便はがき

切手を
お貼りください

105-0003

（受取人）
東京都港区西新橋2-23-1
3東洋海事ビル
（株）アスコム

超訳 人間失格
人はどう生きればいいのか

読者 係

本書をお買いあげ頂き、誠にありがとうございました。お手数ですが、今後の出版の参考のため各項目にご記入のうえ、弊社までご返送ください。

お名前	男・女	才
ご住所 〒		
Tel	E-mail	
この本の満足度は何%ですか？		%
今後、著者や新刊に関する情報、新企画へのアンケート、セミナーのご案内などを郵送またはeメールにて送付させていただいてもよろしいでしょうか？ □はい □いいえ		

返送いただいた方の中から**抽選で5名**の方に
図書カード5000円分をプレゼントさせていただきます。

当選の発表はプレゼント商品の発送をもって代えさせていただきます。
※ご記入いただいた個人情報はプレゼントの発送以外に利用することはありません。
※本書へのご意見・ご感想およびその要旨に関しては、本書の広告などに文面を掲載させていただく場合がございます。

蔵はツネ子の名前すら憶えていないのです。心中が失敗したから、ではありません。たとえ成功しても、何も美しくなかったはずです。それは、死を決意したところから顚末までの書きかたを通じて伝わると思います。

もし、死へのあこがれを抱いてしまっている人がいたら、そんなにいいもんじゃない、美しくも何ともないと感じてほしい。

それより、一緒に死ねるくらいの感覚を持てる人とともに、苦しみを乗り越えていくほうが美しく健全です。

齋藤　孝

第3章

「第三の手記」より

一人きりで「世間」とは戦えない

「世間」の正体をつかみかけた矢先、不幸が葉蔵をおそう。苦悩の壺《つぼ》を抱いたまま流されていった先は「人間、失格」。SNSでモンスター化した「ニュー世間」の時代にも通用する、自分の軸をうしなわずに生きていくヒント。

どうするつもりなんです
いったい、これから
じわ…
…
起訴猶予というのは、前科何犯とか、
そんなものにはならない模様です
トクトク…

あなたの心掛け一つ
あなたのほうから真面目に相談を持ちかけてくれたら、私も考えてみます
以前のようなぜいたくを望んだらあてがはずれますが
自分はヒラメのこのややこしい話方に当惑し
どうでもいいやという気分になって、
一さいおまかせという、謂《い》わば敗北の態度をとってしまうのでした。

5 「故郷からの絶縁」

〜人に好かれるほどに人を恐怖する〜

あらすじ

葉蔵《ようぞう》は心中事件のあと、ヒラメという男の家の二階に居候《いそうろう》することになった。

ヒラメは父親の別荘に出入りしていた書画骨董《こっとう》商で、本名は渋田だが、魚のヒラメに似ている。今回の事件で父親に縁を切られたような状態の葉蔵に、ヒラメは人が変わったように不愛想《ぶあいそう》に接する。どうやら、葉蔵の実家の兄たちからヒラメにお金が送られてきているようだが、それを明かすこともない。まわりくどい言いかたで「これからどうするつもりだ」と詰めよってくる。

ヒラメに将来の希望を聞かれた葉蔵は、画家になりたいと答えた。「話にならない」と笑われた葉蔵は、「友人に相談する」と堀木の住所を書き残して逃げ出した。

堀木以外に訪ねる場所のない葉蔵は、やはり堀木の家にいくのだった。

堀木は家にいたものの、つれない対応。葉蔵は侘《わ》びしさをつのらせる。そこへ、雑誌の編集者であるシヅ子がきた。堀木はその雑誌にイラストを描く仕事をしていたのだ。ヒラメから電報がきたので堀木は不機嫌になり、「帰ってくれ」と言う。

そのまま葉蔵はシヅ子の家に転がりこみ、「男めかけみたい」と自嘲《じちょう》する生活がはじまった。

葉蔵の脳裡《のうり》には、中学時代に描いた、数枚のお化けの自画像が浮かびあがる。あれだけはたしかに優れている作品だったと思い、喪失感《そうしつかん》、焦燥感《しょうそうかん》に悶《もだ》えた。

シヅ子の奔走《ほんそう》のおかげで、葉蔵は子ども向けの雑誌に漫画を描いてお金にすることができるようになった。葉蔵は漫画家になったのだ。しかし、葉蔵は心細さ、侘びしさにときおり涙する。ヒラメの家からも出たことで、故郷とは完全に絶縁ということになった。

シヅ子は夫と死別しており、シゲ子という五歳の娘がいた。シゲ子は何のこだわりもなく葉蔵のことを「お父ちゃん」と呼んでおり、葉蔵にとっては救いだった。

しかしあるとき、シゲ子が「お祈りをすると、神様が、何でも下さるって、ほんとう?」と聞く。何がほしいのか聞くと、「本当のお父ちゃんがほしい」と言う。

葉蔵はぎょっとし、それ以来シゲ子にもおどおどするようになってしまった。

超訳解説

ヒラメが象徴する世間とどうつきあうか

鎌倉《かまくら》での心中事件のあと、葉蔵《ようぞう》は高等学校を追放され、ヒラメという男の家に居候《いそうろう》することになりました。ヒラメは東京の父の別荘に出入りしていた書画骨董《こっとう》商で、本名は渋田。目つきがヒラメに似ているので葉蔵の一家はそう呼んでいます。

実は葉蔵の実家の兄たちから、ヒラメにお金が渡されているようなのですが、ヒラメは、あたかも自分の判断で動いているかのように見せてきます。**実際には助ける力もないのに、「あなたのためにこうしてあげているんですよ」という態度で葉蔵を監視し、干渉してくるうっとうしい存在。まさに、「世間」の象徴のような人物です。**

独身の四十男ですが、十七、八の青年と一緒に住んでいます。どうやらヒラメの隠し子のようです。ヒラメの人間らしい生活を感じられるのは、この青年の存在。二人で食事をしている姿には、淋《さび》しい生活をしている個人であることが垣間《かいま》見えます。

或《ある》いは、本当にヒラメのかくし子、……でも、それならば、二人は実に淋《さび》しい親子でした。夜おそく、二階の自分には内緒で、二人でおそばなどを取寄せて無言で食べている事がありました。

――――――

しかし、そんな「個人としてのヒラメ」を葉蔵にはあまり見せることなく、世間の代表のようにまわりくどい言いかたで詰めよってきます。

――「どうするつもりなんです、いったい、これから」

三月末のある夕方、めずらしく葉蔵にお酒をすすめながら、将来の方針を聞こうするヒラメ。実は、四月からどこかの学校に入りさえすれば、実家から生活費の援助があるのでした。しかし、その事実を話すことなく、「あなたのほうから、真面目《まじめ》に私に相談を持ちかけてくれたら、私も考えてみます」と言います。

何を考えてみるのでしょうか？　葉蔵にはそれすらよくわかりません。

ヒラメの話方には、いや、世の中の全部の人の話方には、このようにややこしく、どこか朦朧《もうろう》として、逃腰とでもいったみたいな微妙な複雑さがあり、そのほとんど無益と思われるくらいの厳重な警戒と、無数といっていいくらいの小うるさい駈引《かけひき》とには、いつも自分は当惑し、どうでもいいやという気分になって、お道化で茶化したり、または無言の首肯で一さいおまかせという、謂《い》わば敗北の態度をとってしまうのでした。

ヒラメの話のように、世間話は無数の駆け引きで成り立っています。たとえば何かの役員の仕事について話しながら「あの感じはやはりたのんできているんだろうか、でも、無理だという感じを出せば、意外とすぐにあきらめるかもしれない……」などとあれこれ考えるわけです。このわずらわしさ、複雑さに耐えられないというとき、「いっさいおまかせ」という敗北の態度をとったらどうなるでしょうか。

葉蔵の場合、世間に流され、身を任せた結果が「人間失格」です。最終的にはヒラメに脳病院に連れていかれ、「人間失格」の烙印《らくいん》を押されてしまうのです。**わずらわしい世間に対しても、主体性をうしなわないことが大事**なんですね。

もちろん、ヒラメは特別な人物なわけではありません。誰でも、このポジションにいればこうふるまってしまう面はあるでしょう。**さらに現代では、ＳＮＳで「あなたのためですよ」という感じでコメントをする人がたくさんいます。**別にお金を出してくれるわけでもないのに、監視して、善意でものを言っているような態度をとる。芸能人に対しても「あなたのためには、こうしたほうがいい」なんていうコメントをつけたりします。

どの立場から？　と思ってしまいますが、これが「世間」なんですね。

あれこれと言ってくるヒラメの言葉がどれもよくわからない葉蔵は、困惑《こんわく》しながら「ここに置いてもらえなかったら、働く」と言います。思い切って、画家になると伝えました。

「へええ？」

自分は、その時の、頸《くび》をちぢめて笑ったヒラメの顔の、いかにもずるそうな影を忘れる事が出来ません。

そうして、葉蔵はヒラメの家から逃げ出すのでした。

正論で人を攻撃する「正直者」たち

葉蔵はヒラメに置手紙をしました。堀木の名前と住所を書き、友人に将来の方針を相談しにいくが、夕方には帰るという内容です。しかし、本気で堀木に相談しようと思ったわけではありません。ヒラメの家から逃げるのに、少しの間でもヒラメを安心させておきたいという気持ちからです。

このような心の動きから出た言葉を、葉蔵は「飾《かざ》りをつける」と言っています。

どうせ、ばれるにきまっているのに、そのとおりに言うのが、おそろしくて、必ず何かしら飾りをつけるのが、自分の哀《かな》しい性癖の一つで、それは世間の人が「嘘《うそ》つき」と呼んで卑《いや》しめている性格に似ていながら、しかし、自分は自分に利益をもたらそうとしてその飾りつけを行った事はほとんど無く、ただ雰囲気《ふんいき》の興覚めた一変が、窒息するくらいにおそろしくて、後で自分に不利益になるという事がわかっていても、れいの自分の「必死の奉仕」それはたといゆがめられ微弱で、馬鹿《ばか》らしいものであろうと、その奉仕の気持から、つい一言の飾りつけをしてしまうという場合が多かったような気もするのですが、しかし、この習性もまた、世間の所謂「正直者」たちから、大いに乗ぜられるところとなりました

「嘘《うそ》つき」と「正直者」が対比されています。葉蔵は「嘘つき」ということになりますが、保身《ほしん》のためというより、「必死の奉仕」、サービスのつもりで飾りつけをしてしまうのだと言っています。これ自体は、おかしなことではありません。**現代でも、「いい人だ」と思ってもらいたいから、ちょっと話を「盛る」というのは実際よくあることです。盛ってしまう「哀しい性癖《せいへき》」は、ほとんどの人が持っていると言えるかもしれません。**

やっかいなのは、世間のいわゆる「正直者」たちです。正直者たちは正論を言ってきます。「あなたはこういう嘘をつきましたね？」「嘘ですよね？」

「正直者」たちはそれが正義だと思ってしまっている。世間のポジションに立っているか

ら強いのです。ここぞとばかりに居丈高《いたけだか》になり、世間代表かのように相手を攻撃します。

でも、**ちょっとした嘘をついてしまう弱者を叩くのが、正義でしょうか？** 葉蔵の「嘘つき」と「正直者」の対比では、読者にそんな問題提起がされているように感じます。

現代は、週刊誌のみならず、おおぜいの人が有名人のスキャンダルをことさらに叩きます。**「正直者」の皮をかぶり、責め立てることで自分の立場を強くする。ニーチェの言うところのルサンチマンです。** 存在の大きい人を、小人《しょうじん》たちが引きずりおろし、みんなが並になればほっとするのです。

葉蔵は、このややこしく、かつ自分を責めてくる世間に敗北し、堕《お》ちていってしまう。それがこの小説のテーマの一つでしょう。

さて、ヒラメの家を逃げ出した葉蔵は、堀木のところ以外にいく場所が思いつきません。お道化を演じて、みんなに好かれているようだったけれども「友情」はありません。

葉蔵は人に対してサービスはしていますが、サービスと愛はちがいますからね。どうやら自分には愛する能力が欠けているようだと自己分析しています。

人に好かれる事は知っていても、人を愛する能力に於《お》いては欠けているところがあるようでした。（もっとも、自分は、世の中の人間にだって、果して、「愛」の能力があるのかどうか、たいへん疑問に思っています）

世の中の人間は、人を愛することができるかのようにふるまっているけれど、本当に愛の能力があるのか？　という疑問を持っているんですね。**葉蔵は自己分析しつつ、世間と自分を対比し続けているので大変です。世間は、強いうえに朦朧《もうろう》としてつかみどころがないのですから、常に戦っていたらさぞかし心が疲れることでしょう。**

そのような自分に、所謂「親友」など出来る筈《はず》は無く、そのうえ自分には、「訪問《ヴィジット》」の能力さえ無かったのです。他人の家の門は、自分にとって、あの神曲の地獄の門以上に薄気味わるく、その門の奥には、おそろしい竜みたいな生臭い奇獣がうごめいている気配を、誇張でなしに、実感せられていたのです。

「地獄の門」とは、ダンテの『神曲《しんきょく》』という作品に出てくるものです。『神曲』は、ダンテが地獄・煉獄《れんごく》・天国を旅する物語で、「地獄の門」はもちろん地獄への入口。深い絶望の表現としても用いられます。人の家の門が「地獄の門」以上に薄気味悪いとはすごい表現ですね。でも、よく知らない人の家が怖いとか、話しかけるのが怖いという感覚は共有できるのではないでしょうか。

相手がどんな人かわからない状態では、一言あいさつすることですら勇気のいることです。「誰だおまえ。おまえなんか知らないんだけど」なんて言われたら、一撃で心がやられますよね。哲学者のレヴィナスも、他者とかかわるときに、あいさつをする側はリスクを負っていると言います。あいさつは自分をさらすこと。さらしたうえで相手に無視されれば、それは攻撃されているようなものだと言うのです。

その後、葉蔵はどうしたのか？　孤独な葉蔵は、やはり堀木しか思いつきません。置手紙のとおり、浅草の堀木の家を訪ねることにします。唯一の頼みの綱が、あの堀木なのです。

そう思うと背筋の寒くなる思いがします。

自分自身の頂点に負け続ける喪《そう》失《しつ》感《かん》

堀木は家にいましたが、つれない対応をします。「おれは用事がある」と言ってろくに話を聞こうとしない。葉蔵はたまらなく侘《わ》びしい気持ちがしました。

その堀木の家で、シヅ子という雑誌社の女性に出会います。堀木は雑誌にイラストを描いており、それを取りにきていたのでした。

シヅ子は五歳の娘と二人暮らし。夫とは死別しています。葉蔵はシヅ子の家に転がりこみ、男めかけ（情夫として養われている男）のような生活をはじめます。

自分でお金を稼《かせ》ぎたい。絵だって堀木よりずっと上手だ……。シヅ子にそう伝えながら、脳裡《のうり》に浮かび上がるのはあの「お化けの絵」。竹一に見せた数枚の自画像です。あれだけは、たしかに優れている絵だったと思えてなりません。**その後いくら描いてみても、あのときの絵には遠くおよばず、葉蔵は喪失感《そうしつかん》にさいなまれていました。自分自身の頂点に、負け続ける。**その喪失感を、「飲み残した一杯のアブサン」と表現しています。

飲み残した一杯のアブサン。

自分は、その永遠に償い難いような喪失感を、こっそりそう形容していました。絵の話が出ると、自分の眼前に、その飲み残した一杯のアブサンがちらついて来て、ああ、あの絵をこのひとに見せてやりたい、そうして、自分の画才を信じさせたい、という焦燥《しょうそう》にもだえるのでした。


アブサンとは、ゴッホも愛飲していたという、香り高いお酒ですね。

たとえてみれば、高校時代に全盛期を迎えてしまった野球選手のような感じでしょうか。プロに入ったけれど、あのときのような球が投げられない。あのときのような活躍ができない。精神的にきつくなり、スランプにハマって抜け出せなくなってしまう人はいるでしょう。他人との勝負だけではないわけです。

あるいは、子役で一世を風靡《ふうび》し、その後苦労する方も多くいます。かつて輝いていた人が、その後どうやって生きていくかというのは、注目するととても勉強になります。

五歳の子までも自分の存在を否定するのか？

葉蔵は、生活のために、そして一種の逃げとして、漫画を描きはじめます。しかし、漫画を描きながらも、葉蔵の心は沈んでいました。ふと故郷を思い出してはさらに侘びしい気持ちになります。もはや完全に絶縁状態の実家。恐ろしいと思っていたけれど、やはり故郷がなつかしく思えます。

侘びしくてたまらないとき、救いになるのは五歳のシゲ子です。シゲ子は葉蔵のことを、何もこだわらずに「お父ちゃん」と呼んでくれていました。

あるとき、シゲ子が「お祈りをすると、神様が、何でも下さるって、ほんとう？」と聞きます。葉蔵は、自分の場合は「親の言いつけに、そむいたから」ダメだろうが、シゲちゃんには何でも下さるだろうと答えます。「シゲちゃんは、いったい、神様に何をおねだりしたいの？」そう尋《たず》ねると、ぎょっとする答えが返ってきました。

「シゲ子はね、シゲ子の本当のお父ちゃんがほしいの」

ぎょっとして、くらくら目まいしました。敵。自分がシゲ子の敵なのか、シゲ子が自分の敵なのか、とにかく、ここにも自分をおびやかすおそろしい大人がいたのだ、他人、不可解な他人、秘密だらけの他人、シゲ子の顔が、にわかにそのように見えて来ました。

安心していた子どもからの突然の攻撃。葉蔵のことを「お父ちゃん」と呼んで慕《した》ってくれているのに、「本当のお父ちゃんがほしいの」ですからね。存在を否定されたようなものです。そんなことを平気で言っちゃうのが、「敵。」であり、「不可解な他人」です。

かわいそうな葉蔵。同情してしまいます。

シゲ子だけは、と思っていたのに、やはり、この者も、あの「不意に虻《あぶ》を叩《たた》き殺す牛のしっぽ」を持っていたのでした。自分は、それ以来、シゲ子にさえおどおどしなければならなくなりました。

自分は何者なのか？　存在意義とは何か？

アイデンティティの確立は、他者との関係性によって行われます。「お父ちゃん」としてのアイデンティティは、「お父ちゃん」と呼んでくれる人がいることで確立され、安定できるのです。この新しい家族関係を軸にして、恐ろしい世の中とも何とかやっていける可能性はあった。葉蔵は女によってではなく、子どもによってなら変われたかもしれません。でも、シゲ子の何気ない一言で、その可能性が断ち切られてしまいました。

アイデンティティ確立のもう一つの要素は、それに自分が誇りを持てるかということです。たとえば仕事。「警察官としての自分」「医師としての自分」のように、その職業に誇りを持てれば、一つの軸として安定できます。しかし、葉蔵の場合は「漫画家としての自分」に誇りが持てないのですから、こちらも安定できません。

ただ、最初から誇りを持てるかというとそういうわけではなく、経験を積む中で「これこそ自分を証明するものだ」と感じる場合もあります。あとから獲得できるわけですね。

葉蔵と同じように、自分の存在意義が感じられず不安定だと思う人は、どのような仕事でも、グループへの所属でもいいので、そこでの役割を果たしつつ、アイデンティティを獲得していくことが重要ではないでしょうか。

葉蔵によく似たあなたたちへ

世間と、どうつきあうか。

SNS時代のいま、あらためて考えることが必要です。私たちは、膨大《ぼうだい》な数の他人の視線にさらされていま す。「いい人」と思っていた人が、「正直者」ポジションをとって他人を攻撃するところを目撃することもあるかもしれません。たとえば、友達が、芸能人のSNSに「あんたなんか全然かわいくない」とか「消えろ」と書いているのを目撃することだってありえます。「こんな面があったのか」と怖くなりますね。もちろん、その攻撃が自分に向くことだってある。そういう、他人への恐怖心がリアルに感じられる時代です。

葉蔵は、常に世間と自分を対比して考える癖《くせ》がついています。これはしんどいはずです。特定の個人と戦うならまだいいですが、抽象的で正体のわからないものと戦っているのですから。そして、敗北の態度をとることになってしまう。そうやって世間に流されていった先が「人間失格」なのです。やはり主体性や軸といったものが必要と考えるべきでしょう。

その軸となるものが、アイデンティティです。

「これが私だ」と思えるものがあると、精神的にとても安定します。私の場合は、明治《めいじ》大学の組織の一員であることがその一つ。経済的にどうこうよりも、アイデンティティ的に大切なのです。

アイデンティティは3本柱くらいほしいところです。たとえば「お母さん」という柱しかないと、子どもが巣立ったときに不安定になります。心がポキッと折れちゃうかもしれない。他に2つくらい持っておきたいところです。

「〇〇が大好きな自分」「〇〇を応援している自分」というのも、アイデンティティの一つになります。たとえば「宝塚ファンとしての自分」「アイドルグループの誰それ推しの自分」。とくに劇場などにいくと一体感が感じられ、心が安定しますね。このように、必ずしも自分が主体として活動しているわけではなくてもいいのです。
アイデンティティは、獲得できるものです。もし、あなたがいま、「これが私だ」と言えるものがあまりないとしたら、獲得していってほしいと思います。

齋藤　孝

TOBACCO
ヨシちゃん、ごめんね
飲んじゃった
あらいやだ酔った振りなんかして
いや本当なんだ本当に飲んだのだよ
からかわないでひとがわるい。お芝居がうまいのねえ
芝居じゃあないよ、馬鹿野郎。キスしてやるぞ
してよ
…
いや僕には資格がない顔を見なさい赤いだろう?

それあ、夕陽が当っているからよ
かつごうたって、だめよ。きのう約束したんですもの
ゲンマンしたんですもの
信頼の天才…
ああ…
結婚しよう…

6
「ヨシ子との出会い、そして結婚」
～世間じゃない。あなたが、ゆるさないのでしょう？～

あらすじ

堀木はシヅ子と同棲《どうせい》している葉蔵《ようぞう》のところへ通ってくるようになった。そして「女道楽《おんなどうらく》もこのへんでやめておけ。これ以上は世間が許さないから」などと言う。

葉蔵は、「世間とは個人ではないか」と思いはじめ、これにより多少は自分の意志で動くことができるようになる。

一方で、葉蔵の酒量は次第に増えていった。酒代のためにシヅ子の衣類を質《しち》に入れるようになる。その金で酒を飲み、二日続けて外泊した三日目の晩、シヅ子のアパートの前までくると、シヅ子とシゲ子の会話が聞こえてきた。二人は葉蔵を責めるどころか、「あんまりいいひとだから、お酒を飲むのよ」などと言い、家の中で白兎《しろうさぎ》を追いかけて笑っている。幸福そうな二人を見て、この親子のあいだに入って滅茶苦茶《めちゃくちゃ》にしてはいけないと感じた葉蔵は、その場を立ち去り、それっきり戻らなかった。

そして、京橋《きょうばし》のスタンド・バアのマダムに「わかれて来た」とだけ言って、バアの二階に、また男めかけのかたちで居候《いそうろう》することになる。店の常連たちは葉蔵をあやしむこともなく、「葉ちゃん、葉ちゃん」と呼んで優しくしてくれた。葉蔵は次第に世の中に対して、それほど恐ろしいところではないのだ、と思うようになっていった。

京橋にきて一年近くがたった。バアの向かいの小さい煙草屋《たばこや》に、十七、八のヨシ子という娘がいた。ヨシ子は葉蔵が煙草を買いにいくたびに、酒をやめるよう忠告するのだ。あるとき、酔った葉蔵は煙草屋の前のマンホールに落ちる。ヨシ子に助けてもらうと、「明日からもう酒は飲まない」と約束し、そして冗談で、お酒をやめたら嫁になってほしいと伝える。

翌日、やはり昼から飲んだ葉蔵だったが、ヨシ子は「飲むはずがない」と疑わない。その様子を見て、ヨシ子のけがれを知らない処女性に心をうたれた葉蔵。「結婚して春になったら二人で自転車で青葉の滝を見に行こう」とその場で決意し、やがて結婚したのだった。

超訳解説

世間とは個人のことだ

「色魔《しきま》! いるかい?」

堀木です。シヅ子と同棲《どうせい》している葉蔵《ようぞう》のもとへ、堀木がたずねてくるようになりました。葉蔵は拒否できません。拒否するということ自体に恐怖心を持っているのです。断れない葉蔵につけこんでいるのか、堀木は酔っ払って泊まりにきたり、五円借りていったりします。相変わらず、あつかましい堀木。そのうえ、葉蔵にお説教めいたことまで言い出します。しかし、このお説教が、葉蔵に「世間」の正体を知らしめることになるのです。

「しかし、お前の、女道楽もこのへんでよすんだね。これ以上は、世間が、ゆるさないからな」

世間とは、いったい何の事でしょう。人間の複数でしょうか。どこに、その世間というものの実体があるのでしょう。

葉蔵は、**「世間とは、目の前にいる個人のことだ」と気づきます。これは大きなことです。思想的に進歩しました。**世間の圧力につぶされそうになっていたけれど、結局、世間とは個人のことなのです。世間の皮をかぶって攻撃する、ずるい人間が目の前にいるだけなんですね。戦う相手がようやく見えたわけです。

当たり前ですが、「世間」なんて実体がありません。曖昧《あいまい》でもやもやとした幽霊のようなものです。「世間がゆるさない」というのはおかしいのです。本当に社会としてゆるされないことは法律で決められているでしょう。それ以外のことは結局、世間の皮をかぶった個人が言っているだけです。

これはSNSの「ニュー世間」(P3)だって同じです。「それはゆるされませんよ」「人として間違っていますよ」と世間の代表のようにして言っているとしても、その人がゆるさないということでしかありません。

葉蔵は、「世間は個人だ」という思想めいたものを持つようになってから、多少は自分の意志で動くことができるようになりました。

「逃げる」という行動パターン

葉蔵がシヅ子の家にきてから一年以上がたち、葉蔵は荒《すさ》んだ酒飲みになっていました。思想的には進歩し、多少おどおどしないようになってきていたのですが、人間そう簡単に変われるものではありませんね。酒代ほしさにシヅ子の衣類をこっそり持ち出して質屋《しちや》にいくこともありました。そのお金で銀座で飲み、二晩つづけて外泊したあと、アパートの部屋の前まで帰ってきたときのこと。中からシヅ子とシゲ子の会話が聞こえてきました。

「なぜ、お酒を飲むの？」

「お父ちゃんはね、お酒を好きで飲んでいるのでは、ないんですよ。あんまりいいひとだから、だから、……」

葉蔵が近くにいるとは気づかずに話しているのですから、真実の会話です。こんな会話

が聞こえてきたら、泣けますね。シヅ子は葉蔵をよく理解してくれています。自分で自分を傷つけてしまう人だから、守ってあげなければと思っているのでしょう。

シヅ子の幸福そうな笑い声が聞こえてきて、そっと中をのぞいてみると、白兎《しろうさぎ》が部屋中をぴょんぴょんはねているのを、親子で追いかけている姿が見えました。

（幸福なんだ、この人たちは。自分という馬鹿者《ばかもの》が、この二人のあいだにはいって、いまに二人を滅茶苦茶《めちゃくちゃ》にするのだ。つつましい幸福。いい親子。幸福を、ああ、もし神様が、自分のような者の祈りでも聞いてくれるなら、いちどだけ、生涯にいちどだけでいい、祈る）

そして葉蔵は、二度とアパートに戻りませんでした。ここでもまた、逃げ出したのです。

普通なら、「ああ、この幸福な二人をもっと幸福にするために、自分は頑張らなければ」と思いそうなところです。**シヅ子は葉蔵の弱い部分も理解しながら、家族として迎え入れようとしてくれています。**「あんまりいい人だからお酒を飲むのだ」とまで言ってくれている。しかし葉蔵は、**神様に「幸福にしてやってくれ」と押しつけて逃げ出してしまう。**

逃げる、というのが葉蔵の決定的な行動パターンなのですね。「自分がかかわると、台なしにしてしまう」という気持ちに共感する人は、けっこう多いのではないでしょうか。

私はチェロを弾いていたことがあったのですが、あるときテレビ番組でプロの方たちと合奏をすることになってしまいました。私は自分のせいで演奏がぶち壊しになるのが恐ろしく、指揮者の方になるべく邪魔《じゃま》にならない、簡単なパートにしてくれと交渉しました。

こういった気持ちは、日常の中でもさまざまなシーンで出てくると思うのです。

会社でも、部署の中で自分が足を引っ張っているように感じたら、「自分が抜ければばいいんでしょ」と思う。スポーツで、チームに自分がいると負けてしまうから、抜けたほうがいいと思う。

これも一種の逃げですよね。逃げることが精神衛生上いい場合ももちろんあります。ただ、**もしあなたが「自分がかかわると、台なしにしてしまう」と思っているとしたら、その前提を問いなおす必要があるでしょう。**

葉蔵のように、幸福からも逃げ続けることになってしまいます。

「鈍《どん》感《かん》力《りょく》」が心を守る

シヅ子と住んでいた高円寺《こうえんじ》のアパートを出て、京橋《きょうばし》のスタンド・バアの二階に転がりこむ葉蔵。今度は、バアのマダムの男めかけのような生活です。ここで暮らしながら、葉蔵は世間についての思想をさらに深めていきます。

世間。どうやら自分にも、それがぼんやりわかりかけて来たような気がしていました。個人と個人の争いで、しかも、その場の争いで、しかも、その場で勝てばいいのだ、人間は決して人間に服従しない、奴隷《どれい》でさえ奴隷らしい卑屈なシッペがえしをするものだ、だから、人間にはその場の一本勝負にたよる他、生き伸びる工夫がつかぬのだ、大義名分らしいものを称《とな》えていながら、努力の目標は必ず個人、個人を乗り越えてまた個人、世間の難解は、個人の難解、大洋《オーシャン》は世間でなくて、個人なのだ、葉蔵は世間について、かなりつかんだ感じがしています。

なるほどたしかに、重要なのは、会ったときに「その場しのぎ」ができるかどうか、なのかもしれません。人間関係といっても、その積み重ねでしかないわけです。

私はテレビでコメントをすることがよくありますが、まさにその場しのぎの一本勝負。3秒でも黙ってしまえばおかしな感じになり、かといって間違ったことを言ってもいけない。自分の不得手《ふえて》な分野でも、意味のあるコメントをして切りぬけなければなりません。

なかなかの緊張感ですが、普通の人間関係においても、そういう部分はあると思います。個人個人が、その場の一本勝負をするしかないのだというのですね。

これまでは、**世間というつかみどころのないものを相手に考えていたけれど、結局、個人なのだとわかり、世の中という大海の幻影におびえることから解放されて、葉蔵は元気になってきました。**

ようやく「鈍感力《どんかんりょく》」が身につきはじめたともいえるでしょう。

自分は世の中に対して、次第に用心しなくなりました。世の中というところは、そんなに、おそろしいところでは無い、と思うようになりました。

感受性は鋭《するど》いほうがいいように感じますが、鋭すぎてもよくありません。感じすぎてしまうということは、それだけ傷つきやすいということです。敏感で傷つきやすい人におすすめしたいのは、「精神的乾布摩擦《かんぷまさつ》」です。

昭和のおじいちゃんたちはよく乾布摩擦をやっていました。裸になってかわいた布で体をこすり、肌を強くする。すると、多少の暑さ、寒さを感じなくなっていきます。昨日と気温が3度ちがえば調子が悪くなっていたのが、平気になる。肌を鈍《にぶ》くして、丈夫になるのですね。

人から批判されたり、イヤなことを言われたりして傷つきそうなときは、この乾布摩擦をイメージしてみてください。肌を強くして健康になるように、心を強くしているんだと思ってください。

「出ました、嫉妬《しっと》!」「出ました、ルサンチマン!」というように心の中でつぶやいて、**まともに受けなければ大丈夫です。これは別に心を殺すというわけではありません。ディ**

フェンスです。

鈍感力《どんかんりょく》の獲得は、生きていくうえで必要なことです。

批判は「見ない」というのも、ディフェンスです。ＳＮＳによる「ニュー世間」で言えば、エゴサーチしない。エゴサーチとは、自分の名前を検索窓に入れるなどして、自分の評判をしらべることですね。私はもちろん、エゴサーチなんてしません。でも、本を検索していると、自分の本が出てしまうことがあります。Ａｍａｚｏｎで★３つなんてつけられているのを見ると、正直イラッとします。「なんでおまえに低い評価をつけられなきゃならないんだよ！」という気持ちが一瞬出てきて、「危ない危ない」と思いなおすんですね。

こういった攻撃衝動がおきるのも、心を守りたいからでしょう。傷ついているということです。だから、最初から「見ない」という防御をする。

ちなみに知り合いの女優さんは、ネット上で批判をする人を探し出し、実際に呼び出したそうです。直接会ってみたら、「すみません」と平あやまりされたとか。**顔の見えない匿名《とくめい》だから「世間」の皮をかぶって辛口《からくち》の批判をしているだけ**なのです。

ここまでするのは勇気がいりますが、そういう「世間」との対峙《たいじ》のしかたもあります。ただの個人になってしまえば、戦えちゃうということですね。

純粋無垢《むく》な処女ヨシ子との出会い

世間への恐れがうすくなってきた葉蔵は、毎晩スタンド・バアに出てお酒を飲み、客に芸術論をふきかけるほどになりました。漫画のほうも、ある意味では順調です。子ども向けの漫画だけでなく、「駅売りの粗悪で卑猥《ひわい》な雑誌」などにも漫画を描くようになりました。上司幾太（情死《じょうし》、生きた）というペンネームで、はだかの絵を描き、たいてい『ルバイヤット』の詩を挿入しました。

『ルバイヤット』とは、11世紀のペルシアの詩人ウマル・ハイヤームによる詩集のことです。私も大学生のころによく読んでいました。四行詩集でお酒の詩が多く、飲みながら読むと、ちょっとやさぐれた気分になれます。

京橋にきて一年近くたったころ、葉蔵はヨシ子と出会います。ヨシ子の登場で、ストーリーは大きく展開します。ヨシ子はバアの向かいにある小さな煙草屋《たばこや》の十七、八の娘。葉蔵が煙草を買いにいくと、昼から酔っていることを咎《とが》め、お酒をやめるよう忠告するのです。なんでいけないいんだよ、とからむ葉蔵の言いかたがまたすごい。

――「この野郎。キスしてやるぞ」

なんというヤツでしょう。イケメンだからって、いきなりこんなことを言ってゆるされるのでしょうか。これまで葉蔵に共感し、「自分の心の代弁者だ」と感じていた人も、このあたりでちょっとイラッとするかもしれません。これに対するヨシ子の返答が「してよ」ですからね。すぐにモテちゃう男です。でもご安心ください。一筋縄ではいきませんから。

ある夜、酔って煙草を買いに出た葉蔵が、煙草屋前のマンホールに落ち、ヨシ子に助けてもらいます。手当てしてもらいながら、葉蔵はもうお酒は飲まないと約束します。

――「きっと、やめる。やめたら、ヨシちゃん、僕のお嫁になってくれるかい？」

しかし、お嫁の件は冗談でした。

「モチよ」

知り合って間もないのに「お嫁になってくれ」「モチよ」って、簡単すぎやしないかというところはありますが、あながちいい加減な気持ちでもありません。**葉蔵は、新しい、無《む》垢《く》なものを求めているのです。ヨシ子の純粋無垢さ、処女性が自分を救ってくれるのだと信じました。**葉蔵は幼いころに、下男《げなん》、下女《げじょ》から犯罪のようなことをされていますし、性的なことに対して、汚れたものという気がしています。ですから、ヨシ子の処女性が輝いて見えるのです。

処女を神聖視する「処女信仰」もちょっとどうかと思いますが、キリスト教では聖母マリアも処女であるといわれています。イエスを産んだということは、処女であるはずがないのですが「処女懐胎《かいたい》」といって、男性の関与なしに妊娠し、産んだことになっています。母性と処女性の両方をあわせもつ、理想像ということなのでしょう。

しかし葉蔵は、ヨシ子に「もう飲まない」と約束した次の日に飲んでしまいます。

——「ヨシちゃん、ごめんね。飲んじゃった」

さて、ここでクイズです。この葉蔵の言葉に対するヨシ子の返答は何でしょう。
……「なんで飲んじゃったの、約束したのに」とくるかと思ったら、ちがいます。

——「あら、いやだ。酔った振りなんかして」

この一言は、なかなか言えません。本気でそう思っているからこその言葉でしょう。葉蔵が約束を破るはずがないと信じて疑わないのです。葉蔵が「本当に飲んだのだよ」と言っても、「からかわないでよ。ひとがわるい」と言ってとりあいません。「顔を見なさい、赤いだろう?」と言っても「それあ、夕陽が当っているからよ」です。この疑わなさ。葉蔵は、処女というだけでなく、**人を疑わない無垢さに心をうたれました。**少しあとですですが、**ヨシ子は「信頼の天才」**だと言っています。「信頼の天才」もキーワードです。

ああ、よごれを知らぬヴァジニティは尊いものだ、自分は今まで、自分よりも若い処女と寝た事がない、結婚しよう、どんな大きな悲哀《かなしみ》がそのために後からやって来てもよい、荒っぽいほどの大きな歓楽《よろこび》を、生涯にいちどでい

い、処女性の美しさとは、それは馬鹿《ばか》な詩人の甘い感傷の幻に過ぎぬと思っていたけれども、やはりこの世の中に生きて在るものだ、結婚して春になったら二人で自転車で青葉の滝を見に行こう、と、その場で決意し、所謂《いわゆる》「一本勝負」で、その花を盗むのにためらう事をしませんでした。

これまでの葉蔵にはなかった明るい世界が感じられる文章。ヨシ子が希望となったのです。「自転車で青葉の滝を見に行こう」なんて、さわやかな幸福が感じられて、いいですね。

「一本勝負」で結婚を決め、このときは勝ったつもりでいます。ところが、そのままうまくいかないのが『人間失格』です。次の文章では、もう危険な気配がしています。

自分にとって、「世の中」は、やはり底知れず、おそろしいところでした。決して、そんな一本勝負などで、何から何まできまってしまうような、なまやさしいところでも無かったのでした。

葉蔵によく似たあなたたちへ

私がここでお伝えしたいことは、人生の「一発逆転思考」は危険だ、ということです。

葉蔵は、ヨシ子の処女性、純粋無垢《むく》さによって自分の人生が変わると考えました。ヨシ子が、これまでの自分のマイナスを帳消しにしてくれる。この人と一緒にいれば、自分はいい人間になれる。そんな考えかたは、「一発逆転思考」です。オセロの黒が一気に白に変わっていくようなイメージですすね。

新しい生活への希望を持つこと自体はいいことです。しかし、「この人が救ってくれる」というのは、勝手な期待を相手に押しつける考えです。勝手に期待すれば、そのとおりにならなかったときに、これまた勝手に「裏切られた」と思うでしょう。結局、相手をうらみ、絶望することになります。ですから、ここでの葉蔵の態度を読んで「ちょっと危ないな、この人」と思ってほしいところです。

中高生のころの恋愛では、よく相手に腹を立てますよね。「こんな人だとは思わなかった」「がっかりした」と言う。それで、2週間で別れるなどということがよくあります。

でも、そもそも「こんな人だとは思わなかった」という怒りは筋違いです（よほどひどいことをされれば別ですが）。自分が勝手に思っていただけでしょう。相手が自分の人生を変えてくれると思うのは、ちょっと甘い考えかたです。人に期待しがちな人は、要注意ですね。

葉蔵はヨシ子との結婚という「一本勝負」を決めたつもりでいましたが、「これで一発逆転」という賭《か》けごとのような思考は危険なのです。

ただ、その前に葉蔵がたどりついた「世間とは個人のことだ」というのは鋭《するど》い洞察《どうさつ》です。これはあなたにもぜひ活かしていただきたい。世間の皮をかぶってものを言ってくる人がいても、「この人がそう思っているだけなんだな」とわかれば、それほど怖くありませんよね。

世間という実体のないものと戦う必要はないのです。

個人対個人になったとき、賭けごとのように対峙《たいじ》するのでなく、関係を築いていく心構えが必要ではないでしょうか。

齋藤 孝

おい！とんだ、そら豆だ
来い！
見ろ！
？
二匹の動物がいました。
ああ
あっ

あ…
ぐらあ…
あっ…
これもまた人間の姿だ
これもまた人間の姿だ
あ
…っ
ああ

7

「無《む》垢《く》の信頼心」

～罪がなくても罰は下るのか～

あらすじ

葉蔵《ようぞう》はヨシ子と、隅田川《すみだがわ》の近くのアパートで暮らしはじめた。信頼してくれているヨシ子と一緒にいることが楽しく、自分もだんだん人間らしいものになることができるのではと思いはじめていた。そこへまた、堀木が現れる。旧交をあたためたかたちになる二人。あるむし暑い夏の夜、堀木が金を借りにやってきた。あいにく葉蔵のところにも金がなかったので、ヨシ子の衣類を質《しち》に入れ、少し余った金で焼酎《しょうちゅう》を買う。アパートの屋上で二人で飲むことにした。

葉蔵は堀木と喜劇名詞、悲劇名詞の当てっこ、対義語《たいぎご》の当てっこという遊びをはじめる。やがて、「罪の対義語」をめぐって喧嘩《けんか》のようになり、葉蔵に「罪人」と言いはなつ堀木。葉蔵の口からついにはげしい怒りの声が出た。「どこかへ行っちまえ！」

堀木は下でつまみを作っているヨシ子のところへいくが、顔色を変えて戻ってきて「見ろ！」と言う。

階段の途中から部屋を見ると、ヨシ子が出入りの商人に犯されている。

葉蔵はヨシ子を助けることも忘れ、ただ立ちつくしていた。

堀木は帰り、葉蔵は一人で飲みながらおいおい声をあげて泣いた。

葉蔵は神に問う。

「信頼は罪なりや？」「無垢《むく》の信頼心は、罪の原泉なりや」。

葉蔵にとって、ヨシ子の無垢な信頼がけがされたということが、生きていられないほどの苦悩の種になったのだった。朝から焼酎を飲み、酒代のために春画《しゅんが》のコピーをして密売。ヨシ子を見ると疑惑がわき、かといって問いただすこともできずに不安や恐怖にのたうちまわる。そしてその年の暮れ、家に致死量以上の催眠剤《さいみんざい》があるのを見つけ、一気に全部飲んでしまう。

三昼夜死んだように寝ていたあと目覚め、枕元にきていたヒラメと京橋《きょうばし》のバアのマダムに「僕は、女のいないところに行くんだ」と言った。

この一件以来、体調も悪くなり、漫画の仕事もなまけがちになる。

超訳解説

幸福な生活に現れる怪鳥

葉蔵《ようぞう》とヨシ子の幸せな新婚生活がはじまりました。葉蔵はヨシ子を内縁の妻とし、築《つき》地《じ》、隅田川《すみだがわ》近くにある二階建てアパートの階下の一室を借りて、二人で暮らしはじめます。

酒は止めて、そろそろ自分の定った職業になりかけて来た漫画の仕事に精を出し、夕食後は二人で映画を見に出かけ、帰りには、喫茶店などにはいり、また、花の鉢を買ったりして、いや、それよりも自分をしんから信頼してくれているこの小さい花嫁の言葉を聞き、動作を見ているのが楽しく、これは自分もひょっとしたら、いまにだんだん人間らしいものになる事が出来て、悲惨な死に方などせずにすむのではなかろうかという甘い思いを幽《かす》かに胸にあたためはじめていた矢先に、堀木がまた自分の眼前に現われました。

途中まで幸福の表現が続くのに、最後は暗雲がたれこめますね。やはりきてしまいましたか、堀木。シヅ子からの伝言「たまには、高円寺のほうへも遊びに来てくれ」を伝えにやってきたといいます。せっかく新しい生活をはじめたのに、わざわざ過去を思い出させにくるのです。**ヨシ子は「信頼の天才」なので、葉蔵の過去の女性関係を聞いても、まるで疑いません。このヨシ子のおかげで、いまに「人間らしいもの」になれる気がしている**葉蔵ですが、やはり過去の傷口をえぐられると痛いようです。

忘れかけると、怪鳥が羽ばたいてやって来て、記憶の傷口をその嘴《くちばし》で突き破ります。たちまち過去の恥と罪の記憶が、ありありと眼前に展開せられ、わあっと叫びたいほどの恐怖で、坐っておられなくなるのです。

怪鳥がやってきて傷口を嘴《くちばし》で突き破るとは、イメージしやすく面白い表現です。過去の恥があざやかに思い出されて叫び出したくなるようなときは、この怪鳥をイメージしてみてはどうでしょうか。とらえどころのない恐怖より、多少マシになるかもしれません。

罪のアント（対義語《たいぎご》）は？

堀木と旧交をあたためることになってしまった葉蔵は、なんだかんだまた酒を飲み、堀木と二人で酔ってシヅ子の家に泊まるなんてことまでしています。いやな予感。

――忘れも、しません。むし暑い夏の夜でした。

その日、堀木がお金を借りにやってきました。あいにく家にもなく、ヨシ子の衣類を質屋《しちや》に入れてお金を作る葉蔵。そして、堀木に必要な分を貸し、残金で焼酎《しょうちゅう》を買ってアパートの屋上で一緒に飲みはじめました。

二人は、葉蔵が考え出した遊び「喜劇名詞、悲劇名詞の当てっこ」をします。フランス語などの名詞に女性名詞、男性名詞があるように、名詞に喜劇名詞（コメ［コメディ］）、悲劇名詞（トラ［トラジディ］）があるとして、どっちか言いあって遊ぶのです。

煙草《たばこ》はトラ、死はコメ、漫画家はトラという具合。これはなかなか面白いゲームですね。その人がお題となる名詞をどのようにとらえているかというのがわかります。まねしてやってみてはいかがでしょうか。もう一つが、対義語《たいぎご》（アントニム）の当てっこです。「花のアントは？」と葉蔵が聞いて、堀木が「月」と答えると「いや、それはアントになっていない」。いろいろ考えて、最終的に「この世で最も花らしくないもの」「なあんだ、女か」ってひどいことを言っています。では、恥のアントは何でしょう。


「恥知らずさ。流行漫画家上司幾太（編集注：葉蔵の漫画家ネーム）」

「堀木正雄は？」

この辺から二人だんだん笑えなくなって、焼酎の酔い特有の、あのガラスの破片が頭に充満しているような、陰鬱《いんうつ》な気分になって来たのでした。

「生意気言うな。おれはまだお前のように、縄目の恥辱など受けた事が無えんだ」

この堀木の言葉に、葉蔵はぎょっとします。

堀木は内心、自分を、真人間あつかいにしていなかったのだ、自分をただ、死にぞこないの、恥知らずの、阿呆《あほう》のばけものの、謂《い》わば「生ける屍《しかばね》」としか解してくれず、そうして、彼の快楽のために、自分を利用できるところだけは利用する、それっきりの「交友」だったのだ、と思ったら、さすがにいい気持はしませんでした

堀木しか友達がいないのに、その堀木が自分を真人間扱いしていない。ヨシ子は別として、他の誰にも信頼されていない。葉蔵はショックを受けると同時に、やはり堀木はこういうひどいヤツなのだと感じたでしょう。しかし、葉蔵は「堀木が自分をそのように見ているのも、もっともな話」と思いなおします。怒ったりすることなく、何気なさそうな表情をよそおって次にうつります。

「罪。罪のアントニムは、何だろう。これは、むずかしいぞ」

いよいよ核心に迫るようなお題です。**罪の対義語は何でしょうか?** ぜひ一緒に考えてみてください。堀木は「法律さ」と答え、葉蔵はあきれてしまいました。なんて簡単に考

えているのか、と。葉蔵は「このテーマに対する答一つで、そのひとの全部がわかるような気がするのだ」と言うほどに罪のアントを追究します。

一方、堀木はもう面倒くさくなっている様子。「お前のように、罪人では無いんだから」と、罪に興味がないとまで言います。そしてこんなことを言います。

「ツミの対語は、ミツさ。蜜《みつ》の如く甘しだ。腹がへったなあ。何か食うものを持って来いよ」

「君が持って来たらいいじゃないか！」

ほとんど生れてはじめてと言っていいくらいの、烈しい怒りの声が出ました。

いつもおさえてきた葉蔵にはめずらしく、怒りをあらわにし、「どこかへ行っちまえ！」と怒鳴《どな》りました。

階下では、ヨシ子がそら豆を煮ているはずです。堀木は下へおりていきます。

そこで事件の目撃者となるのでした。

二匹の動物と、凄《すさ》まじい恐怖

堀木がいなくなって、葉蔵は一人で罪のアントを考え続けます。

罪と罰。ドストイエフスキイ。ちらとそれが、頭脳の片隅をかすめて通り、はっと思いました。もしも、あのドスト氏が、罪と罰をシノニムと考えず、アントニムとして置き並べたものとしたら？　罪と罰、絶対に相通ぜざるもの、氷炭相容《あいい》れざるもの。

小説のしかけとして非常にうまいところです。多くの人が、「罪があるから罰がある」と思っていますよね。罪と罰はセットだ、シノニム（同義語）だと考えるのはスムーズな気がします。でも、逆に、**罪と罰が相容《あいい》れないものだとしたら？　罪を犯したから罰が与えられるのではなく、自分の犯した罪と関係ないところで突然、罰が与えられるのだとし**

たら？ これはもう人間世界の道徳ではありません。

そして、まさにこの直後、そういうことがおきてしまいます。

――「おい！　とんだ、そら豆だ。来い！」

堀木が血相《けっそう》を変えて呼びにきました。二人で階段をおり、「見ろ！」と指さされたほうを見ると……、

――――――――――

自分の部屋の上の小窓があいていて、そこから部屋の中が見えます。電気がついたままで、二匹の動物がいました。

自分は、ぐらぐら目まいしながら、これもまた人間の姿だ、これもまた人間の姿だ、おどろく事は無い、など劇《はげ》しい呼吸と共に胸の中で呟《つぶや》き、ヨシ子を助ける事も忘れ、階段に立ちつくしていました。

――――――――――

なんということでしょう。「信頼の天才」ヨシ子が犯されているのです。相手の男は、

葉蔵に漫画を描かせている三十歳前後の商人。顔見知りの犯行です。

堀木も堀木です。ヨシ子を助けもせずに、葉蔵を呼びにきてわざわざ現場を見せるという。ヨシ子も「助けて！」とか声をあげればいいものを、そういう気配がない。とにかく**誰も何も行動しない**んですね。葉蔵も立ちつくしている。

実は太宰《だざい》にも似たような経験があります。内縁の妻であった小山初代《おやまはつよ》が、太宰のいない間に浮気をしていました。相手は太宰の弟分、小館善四郎《こだてぜんしろう》。目撃したわけではなく、小館から直接告げられました。これがものすごくショックだったんですね。自分はその場にいませんから、もちろん止めようがありません。このときの事件が、ヨシ子の不貞《ふてい》行為（というか商人による犯罪）に立ちつくす葉蔵にかたちを変えて、表現されているのでしょう。

堀木は咳《せき》払いし、葉蔵は一人逃げ出して屋上に寝転んでしまいました。

そのとき自分を襲った感情は、怒りでも無く、嫌悪《けんお》でも無く、また、悲しみでも無く、もの凄《すさ》まじい恐怖でした。それも、墓地の幽霊などに対する恐怖ではなく、神社の杉木立で白衣の御神体に逢《あ》った時に感ずるかも知れないような、四の五の言わさぬ古代の荒々しい恐怖感でした。

この恐怖の表現がユニークなところです。**古代的な恐怖。とても近づけないし、身動きがとれない**わけですね。

実に、それは自分の生涯に於《お》いて、決定的な事件でした。自分は、まっこうから眉間《みけん》を割られ、そうしてそれ以来その傷は、どんな人間にでも接近する毎《ごと》に痛むのでした。

まっこうから眉間を割られてしまった葉蔵は、もう元には戻れません。

「眉間を割られる」は、ドストエフスキーの『罪と罰』からきている表現です。『罪と罰』の中で、主人公のラスコーリニコフは、金貸しの老女アリョーナと、たまたま居合わせたその義妹のリザヴェータの眉間を斧《おの》で真っ二つに割ってしまいます。**もはや額《ひたい》の刻印《こくいん》どころではありません。罪と罰の象徴が眉間に深くきざまれてしまいました。**

その夜から葉蔵は若白髪《わかしらが》がはじまり、いよいよすべてに自信をうしなって、転がり落ちていくのです。

神に問う。信頼は罪なりや

よく考えてみれば、これまでの葉蔵には不幸らしい不幸は起きていません。お道化が竹一に見破られたことや、心中に失敗したことは、不幸というわけではありませんよね。ところが、愛する妻が犯された、それを見てしまったというのは、**精神が崩壊《ほうかい》しかねない出来事**です。

堀木は、「ヨシちゃんは、ゆるしてやれ。お前だって、どうせ、ろくな奴《やつ》じゃないんだから」と言って去っていきました。葉蔵が一人で泣いていると、いつのまにか背後にヨシ子が、そら豆を山盛りにしたお皿を持ってぼんやり立っています。

「なんにも、しないからって言って、……」

「いい。何も言うな。お前は、ひとを疑う事を知らなかったんだ。お坐《すわ》り。豆を食べよう」

並んで坐って豆を食べました。嗚呼、信頼は罪なりや？

「信頼は罪なりや？」。葉蔵はくり返し考えます。

ゆるすも、ゆるさぬもありません。ヨシ子は信頼の天才なのです。ひとを疑う事を知らなかったのです。しかし、それゆえの悲惨。

神に問う。信頼は罪なりや。

ヨシ子が汚されたという事よりも、ヨシ子の信頼が汚されたという事が、自分にとってそののち永く、生きておられないほどの苦悩の種になりました。

ヨシ子は何も悪いことをしていません。でも、**罰を受けた。なぜ？　信頼が罪だとでもいうのでしょうか。葉蔵は神に問うているわけです。**

ヨシ子は葉蔵に気をつかい、びくびくし、やたらと敬語で話すようになりました。

「あら、いやだ。酔った振りなんかして」と明るく笑っていたヨシ子はもういません。無《む》垢《く》の信頼で結びついていた二人は、壊れてしまいました。つかのまの明るい幸福があっただけに、切ないですね。

人生の不条理《ふじょうり》に対して、「いったい自分に、どんな罪があるというのか」と言いたくなることはあるでしょう。

実際、人生は不条理です。思ってもみなかったことがおこります。東北の震災で、津波に小学校が一つ飲みこまれてしまった、町全体が飲みこまれてしまったなんていうつらい事実などを見ても、それを強く感じます。あんなにひどい目にあったことが、罪のせいであるはずないのです。

罪に関係なく、突然、罰がふってくるのだとしたら、とても怖いですよね。でも、神が与える罰は理不尽《りふじん》で、人間には理解ができません。聖書には理不尽に思える罰もよく出てきます。太宰はパビナールという鎮痛剤《ちんつうざい》による薬物中毒で入院中、聖書を読みこんでいました。そして、この入院中に、妻の初代が不倫をしていたのです。太宰は聖書の言葉を反芻《はんすう》しながら、苦悩したことでしょう。

『人間失格』の中にも何度も出てきているように、太宰はキリスト教やイエス・キリストをとても意識していました。太宰の作品にはキリスト教色の濃いものがいくつかあります。たとえば『駈込《かけこ》み訴《うった》え』という短編小説は、ユダがイエスに対してどういう感情を持っていたかを独白のかたちで表現した作品です。ユダはイエスを裏切った人物で、太宰は自身をユダに重ねあわせていました。イエスは偉大な人格者で、正しいことを言う。それを敬愛しつつも、それだけではないだろうという思いがあるのです。

イエスは、自分のせいでもない罪を背負って磔《はりつけ》になりました。では、自分は？

太宰は、本当の罪を背負って磔になろうとしていたのではないでしょうか。『人間失格』という作品で、自らをさらし、罪を背負い、十字架に磔になるのだという覚悟を持っていたのだろうと思います。

さて、葉蔵は家の砂糖壺《つぼ》の中に、致死量《ちしりょう》以上の催眠剤《さいみんざい》が入っているのを見つけます。ヨシ子が隠していたものです。いつかはこれで死のうと思っていたのでしょう。葉蔵は一気に飲みほし、三昼夜《さんちゅうや》死んだように寝続けました。自殺未遂《みすい》。ヨシ子は葉蔵に対してますますおろおろして、ろくに口もきけないようになってしまいました。

いよいよ次で最後です。葉蔵は「人間失格」の烙印《らくいん》を押されることになります。

葉蔵によく似たあなたたちへ

人生は、本当に何がおこるかわかりません。不条理なことだってあります。罪とは関係なく、すべてをぶち壊すようなことが、おこりえるのです。このこと自体はどうにもできないので、覚悟を持っておくしかありません。

ただ、不条理《ふじょうり》な出来事を目の前にして、本当に立ちつくすことしかできないのだろうか、というのはぜひ考えてみてもらいたいことです。

葉蔵は、ヨシ子が目の前で犯されているのに、止めることをせず立ちつくしていました。

悪いのは、ヨシ子を犯した商人です。「何をしているんだ!」と叫び、ボコボコに殴って警察に突き出す、ということができたはずなのです。そうすれば、ヨシ子は「被害者」となり、大変な不幸ではあったけれども、二人で一緒に乗りこえていくことが可能だったはずです。

しかし、葉蔵にはそれができませんでした。

葉蔵が助けることなく立ちつくしていたために、ヨシ子は自分を責めるようになります。

なぜ、助けてくれなかったのか。自分も同意していると思われたのではないか、こうなったのはすべて自分の責任なのだ。そう思うしかなくなってしまいました。当然、ヨシ子の純粋さ、明るさはうしなわれていきます。

あなたにも、大切に思っているものがきっとあるでしょう。それを守るために、瞬時《しゅんじ》に動かなければいけないときがあるかもしれません。

そういうときに大切なのは、そのとき、一回いっかいの判断力をうしなわないことです。そして、信頼できるまともな人に相談することです。葉蔵には、信頼できる他人に助けをたのむという精神回路がありませんでした。

「相談できる」というだけで冷静になることもできます。親身になってアドバイスをくれる友人を大切にしましょう。その中に医師や弁護士など専門家がいるとなおいいですね。私は、何かあると大学時代からの友人の弁護士に相談しています。長年の信頼関係で、大きな安心感があります。

こまったときは、自分一人で戦おうとはせず、相談し、助けを求めることです。

齋藤 孝

お前は、
喀血《かっけつ》したん
だってな
……
うっ…
うぅ…
………
ううう…
とにかく入院
しなければ
ならぬ、
あとはまかせ
なさい

ガチャァ
………
サナトリアムとばかり思ったが…
脳病院とは…
一瞬間といえども、狂ったことは無いんです。
けれども、ああ、狂人は、たいてい自分のことをそう言うものだそうです。
つまり、ここに入れられたということは、烙印が押されたということか
人間、失格。

8

「人間失格」

～この半生は悲劇なのか～

あらすじ

大雪の夜、銀座《ぎんざ》裏を歩きながら葉蔵《ようぞう》は突然、喀血《かっけつ》する。

近くの薬屋に入り、奥さんに体の具合を話すと、いろいろと薬を出してくれた。最後にどうしても酒を飲みたくなったときのためにと言って渡してくれたのはモルヒネだった。

酒よりは害にならないだろう。そう信じて葉蔵は、自分の腕にモルヒネを注射する。すると、陽気な能弁家《のうべんか》になり、漫画の仕事にも精が出た。しかし次第に、モルヒネがなければ仕事ができなくなり、気づいたときには完全な中毒（依存症）になっていた。

薬ほしさに春画《しゅんが》のコピーもするし、薬屋の奥さんと男女関係にもなった。恥知らずの極《きわみ》だ。そう思っても、もうどうにもならない。

葉蔵はこの地獄から逃れるための最後の手段として、父あてに手紙を書く。しかし返事がなかなかこず、いよいよ死の覚悟を決めたとき、ヒラメと堀木がやってきた。堀木は、いままで見たこともないくらい優しくほほえみ、葉蔵はうれしくて涙を流す。そして、堀木とヒラメに言われるがまま自動車に乗せられ、ヨシ子も一緒に四人で病院に向かう。葉蔵はサナトリウムだと思いこみ、素直にしたがった。

若い医師に連れられてある病棟に入れられ、そこが脳病院であることを知る葉蔵。

人間、失格。

いまや罪人どころではなく、狂人と見られているのだ。完全に、人間でなくなったと思うのだった。

それから三か月が過ぎたころ、長兄《ちょうけい》がやってきて、父親が亡くなったことを告げる。なつかしくおそろしい存在がいなくなったことで葉蔵は張り合いをなくし、苦悩する能力さえうしなってしまう。そして、葉蔵は東京を離れ、東北の田舎で療養生活をはじめた。

三年がたち、睡眠剤と下剤を間違えて買ってきた老女中のテツに小言を言おうとして笑ってしまう葉蔵。いまは自分には、幸福も不幸もないと感じる。

いままで生きてきた人間の世界で、たった一つ真理らしく思われたのは「ただ、一さいは過ぎて行く」ということだった。

超訳解説

不幸はすべて罪悪から

不幸は、どうやって防いだらいいのでしょうか。
酒ばかり飲み、大量の催眠剤《さいみんざい》を飲んだあとはめっきり体もやせ細り、体調を悪くしていた葉蔵《ようぞう》は喀血《かっけつ》をします。大雪の日、酔って銀座《ぎんざ》裏を歩きながら突然血をはいたのです。そして、不幸について考えます。

自分の不幸は、すべて自分の罪悪からなので、誰にも抗議の仕様が無いし、また口ごもりながら一言でも抗議めいた事を言いかけると、ヒラメならずとも世間の人たち全部、よくもまあそんな口がきけたものだと呆《あき》れかえるに違いないし、自分はいったい俗にいう「わがままもの」なのか、またはその反対に、気が弱すぎるのか、自分でもわけがわからないけれども、とにかく罪悪のかたまりらしいので、どこまでも自《おのずか》らどんどん不幸になるばかりで、

防ぎ止める具体策など無いのです。

葉蔵は、自分のことを「罪悪《ざいあく》のかたまりらしい」と考えます。これまでは、曲がりなりにも世間の偽善《ぎぜん》や嘘《うそ》と対峙《たいじ》する気構えがありました。でも、ついに「とにかく自分が悪い」という思考回路になってしまいました。こんなにひどい目にあうのは、自分が罪悪のかたまりだからなのだ。罰があったので、きっと罪もあるんじゃないかという理屈です。

これはもちろん、おかしな考えかたです。**法律における罰ならまだしも罪との因果《いんが》関係がありますが、不幸な出来事はちがいます。「罪と罰」をセットにするのではなく、わけて考えないと、不幸にどんどんハマっていってしまいます。**「罪と罰が相容《あいい》れないものだとしたら?」と考えていた以前の葉蔵のほうが、まだ救いがありました。

こうして罪悪のかたまりになってしまった葉蔵に、次に何がおこると思いますか? まだ先を読んでいない方は想像してみてください。

葉蔵は……、薬物にはしります。

「酒と女」が、「薬と女」に。悪化しました。

モルヒネ

喀血が不安でたまらない葉蔵は薬屋にいき、そこの奥さんに出会います。さっそく、「薬と女」が現れるわけですが、そのシーンがちょっとすごい。

近くの薬屋にはいって、そこの奥さんと顔を見合せ、瞬間、奥さんは、フラッシュを浴びたみたいに首をあげ眼を見はり、棒立ちになりました。しかし、その見はった眼には、驚愕《きょうがく》の色も嫌悪《けんお》の色も無く、ほとんど救いを求めるような、慕うような色があらわれているのでした。ああ、このひとも、きっと不幸な人なのだ、不幸な人は、ひとの不幸にも敏感なものなのだから、と思った時、ふと、その奥さんが松葉杖《まつばづえ》をついて危かしく立っているのに気がつきました。駈《か》け寄りたい思いを抑えて、なおもその奥さんと顔を見合せているうちに涙が出て来ました。すると、奥さんの大きい眼からも、涙がぽろぽろとあふれて出ました。

初めて出会った二人が、無言でおたがい涙を流している。普通じゃない感じがしますね。**また気流感覚の出会いなのでしょうか。不幸な人は不幸な人をおたがいに知る。救いを求めるような色が、おたがい表れているということなんでしょう。**またすぐに女が出てくるというのも、危険な気配がします。そして、翌日にまた同じ薬屋にきて、今度は「毎日酒をあおったあげくに喀血したこと」を正直に話して相談するのです。

「お酒をおよしにならなければ」と言うこの奥さんは、亡くなった夫も酒びたりで寿命を縮めたと言います。松葉杖をついているのは、五歳のころの小児麻痺《しょうにまひ》によって、片方の脚《あし》が動かなくなったからです。松葉杖をコトコトつきながら、薬屋の中をあっちの棚《たな》、こっちの引き出しと探して薬を出してくれます。

いろいろな薬を出したあと、最後にすばやく包んでくれた小箱が「モルヒネの注射液」でした。違法薬物です。「どうしても、なんとしてもお酒を飲みたくて、たまらなくなった時のお薬」だと言います。酒よりは害にならないという言葉を信じて、葉蔵は躊躇《ちゅうちょ》なく、モルヒネを注射します。そして、いとも簡単に中毒（依存症）になっていくのです。

恥知らずの極《きわみ》

モルヒネを注射するとどうなるか。葉蔵は、明るく元気になりました。体の衰弱も忘れて、漫画の仕事にも精が出ます。しかし、モルヒネのおかげで救われたような気がしたのは、ほんの短い間でした。

一日一本のつもりが、二本になり、四本になった頃には、自分はもうそれが無ければ、仕事が出来ないようになっていました。

薬屋の奥さんは、中毒になっては大変だと、一度は止《と》めもします。そんなにお金も払えないのですから、ぴしゃりと断ってもいいはずです。でも、葉蔵はなんとかツケでお願いとしつこくたのみます。薬屋の奥さんが「勘定なんて、いつでもかまいませんけど、警察のほうが、うるさいのでねえ」と言ったとき、葉蔵は何と言ったと思いますか？

――「そこを何とか、ごまかして、たのむよ、奥さん。キスしてあげよう」

出た。懲《こ》りてない。しかも、その上からの物言い。怒りを感じる人もいるでしょうけど、この奥さんは喜んでしまっているようで、結局またモルヒネを渡してしまうのです。そのうち葉蔵は、深夜に押しかけて、寝間着《ねまき》姿で出てきた奥さんにいきなり抱きついてキスをして、泣くまねなんかもするようになります。それでモルヒネ一箱ゲット。もう完全な依存症なのです。モルヒネほしさに春画《しゅんが》のコピーをして密売するわ、薬屋の奥さんと肉体関係をもつわで「真に、恥知らずの極《きわみ》」ということになっていきました。**恥に敏感だった葉蔵ですが、これは恥だと思いながら止めることができず、ついには死を願うほどに絶望していきます。**

――死にたい、いっそ、死にたい、もう取返しがつかないんだ、どんな事をしても、何をしても、駄目になるだけなんだ、恥の上塗りをするだけなんだ、自転車で青葉の滝など、自分には望むべくも無いんだ、ただけがらわしい罪にあさましい罪が重なり、苦悩が増大し強烈になるだけなんだ、死にたい、死ななければならぬ、生きているのが罪の種なのだ、などと思いつめても、やっぱり、アパートと薬屋の間を半狂乱の姿で往復しているばかりなのでした。

薬代を払うために、仕事をしなければならない。仕事をするためには、薬の力が必要だ。そんな状態になってしまっているので、いくら仕事をしても、薬代が積みあがっていくばかりです。そしてまた、薬屋の奥さんと葉蔵は、おたがいの顔を見て涙を流します。

葉蔵は、この地獄のような状況を抜け出るための最後の手段に出ました。もはや絶縁状態にある父親に手紙を書いたのです。葉蔵にとって絶大なパワーのある父親に、実情をうち明けるのは相当な覚悟がいりました。これが失敗したら死ぬしかないというほどの決意です。

人間、失格

決死の覚悟で書いた手紙に、父からの返事はありません。いよいよ今夜死のうと思い定めたその日の午後、ヒラメと堀木がやってきます。これが、父からのアンサーということでしょう。

「お前は、喀血したんだってな」

堀木は、自分の前にあぐらをかいてそう言い、いままで見た事も無いくらいに優しく微笑《ほほえ》みました。その優しい微笑が、ありがたくて、うれしくて、自分はつい顔をそむけて涙を流しました。

葉蔵にはもう、疑念《ぎねん》も何もありません。ヒラメも慈悲《じひ》深いとでも言いたくなるような口調で「とにかく入院しなければならぬ、あとは自分たちにまかせなさい」なんて言って、葉蔵を自動車に乗せ、病院に連れていきます。ヨシ子も一緒です。葉蔵、ヨシ子、ヒラメ、堀木の四人は、森の中の大きな病院に到着しました。

葉蔵はサナトリウム、つまり結核《けっかく》などの病気で療養するための場所だと思っています。若い医師に診察を受け、「しばらくここで静養するんですね」と言われた葉蔵。ヨシ子は帰り際に、そっと何かを渡そうとしてきます。注射器と残りのモルヒネです。

それですよ、それ。モルヒネのせいでこんなふうになっているのに、モルヒネを渡すって、ヨシ子大丈夫か。無垢《むく》というか何というか……。

しかし、その無垢さが再び、葉蔵の心に兆《きざ》した変化を決定的にするのでした。

「いや、もう要らない」

実に、珍らしい事でした。すすめられて、それを拒否したのは、自分のそれまでの生涯に於いて、その時ただ一度、といっても過言でないくらいなのです。自分の不幸は、拒否の能力の無い者の不幸でした。すすめられて拒否すると、相手の心にも自分の心にも、永遠に修繕し得ない白々しいひび割れが出来るような恐怖におびやかされているのでした。けれども、自分はその時、あれほど半狂乱になって求めていたモルヒネを、実に自然に拒否しました。ヨシ子の謂《い》わば「神の如き無智《むち》」に撃たれたのでしょうか。自分は、あの瞬間、すでに中毒でなくなっていたのではないでしょうか。

子どものころからずっと人の顔色ばかりうかがっていた葉蔵が、はじめて拒否できました。ヨシ子の無智《むち》に撃たれて。「神の如《ごと》き無智」とは秀逸な表現です。拒否の能力があれば、まともな人間にもなれるかもしれません。すでに中毒でなくなっていたのではないかとさえ言っています。

ところが、それからすぐにある病棟に連れていかれ、ガチャンと鍵《かぎ》を下ろされます。サナトリウムだとばかり思っていたここは、脳病院（精神科病院）でした。

人間、失格。

もはや、自分は、完全に、人間で無くなりました。

友人にも家族にも、実家にも、「人間として終わっている」と思われていたという衝撃。

もはや誰も、人間として見てくれていないのです。罪人どころではありません。狂人。「人間失格」です。

いまはもちろん、精神科病院に入院したら人間失格なんていうことはありえません。うつ病にしても薬物依存にしても「病気」であって、ちゃんと治療をして社会復帰しようと考えますよね。しかし当時は偏見《へんけん》もありましたし、何より本人がそう受け止めてしまいます。狂人として見られていた！　それが大きなショックでした。

葉蔵自身は、自分が狂っているとは少しも思いません。しかし、狂人はたいてい「自分は狂っていない」と言うものなのだと理解しています。

たしかに、狂人だと決めるのは他人です。『狂気の歴史』などの著作があるミシェル・フーコーも、狂人や精神疾患《しっかん》を決めるのは、それを疎外《そがい》しようとする他者だという分析をしています。

そうです、**葉蔵を「人間失格」と決めたのは周囲の人たちです。**

人間がわからないけれど知りたい、自分も人間らしくなりたいとあがいてきた葉蔵は、ついに「人間失格」の烙印《らくいん》を押されてしまいました。

精神的な父殺し

入院してから三か月後、葉蔵は長兄《ちょうけい》から、父親が胃潰瘍《いかいよう》で死んだという知らせを受けました。

まさに癈人。

父が死んだ事を知ってから、自分はいよいよ腑抜《ふぬ》けたようになりました。父が、もういない、自分の胸中から一刻も離れなかったあの懐《なつか》しくおそろしい存在が、もういない、自分の苦悩の壺《つぼ》がからっぽになったような気がしました。自分の苦悩の壺がやけに重かったのも、あの父のせいだったのではなかろうかとさえ思われました。まるで、張合いが抜けました。苦悩する能力をさえ失いました。

いかに父親の存在が大きかったか、よくわかる部分です。**苦悩の元が自分ではなく父親にあったのではと思うほど、その存在が重かった**ことに、葉蔵ははじめて気づいたのです。「懐《なつか》しくおそろしい存在」と言っているように、葉蔵は父親に対してアンビバレントな感情を持っています。この葛藤《かっとう》が、苦悩を生んでいた面はあるのでしょう。葉蔵は、精神的な父殺しができていなかったわけです。

「父殺し」はギリシャ悲劇『オイディプス王』をはじめ、現代では映画『スター・ウォーズ』など物語の中にもくり返し出てくる普遍的《ふへんてき》なテーマです。子が成長し、自立していく過程においては、権威のある親を乗りこえていかなければなりません。本当に殺せば殺人事件ですが、精神的に殺す、というのが重要なんですね。親の幻影から自由になり、自分の人生を生きるということです。

経済的なことに限らず、**親からの期待を敏感に受けとめてしまう人は多いでしょう。愛情は、同時に重荷にもなりますから葛藤が生まれます。そして、それを乗りこえることにより、精神的にも自立していくのです。**

東洋の風を感じるラストシーン

いよいよ最後の場面です。葉蔵は長兄によって、東北の温泉地に移らされました。テツという「六十に近いひどい赤毛の醜《みにく》い女中」も一緒です。ここで療養をしながら三年と少したった、というのが第三の手記を書いているいま現在です。

葉蔵は昨日、テツにカルモチンという睡眠剤を買いにいかせました。ところが、十錠飲んでも眠くならない。おかしいなと思っていたらお腹をくだしてしまいました。薬の箱をよく見ると、ヘノモチンという下剤だったのです。それで、テツに「これはカルモチンじゃなくてヘノモチンだ」と小言を言ってやろうと考えて、うふふと笑ってしまいます。

――「癈人」は、どうやらこれは、喜劇名詞のようです。

喜劇名詞と悲劇名詞の遊びが、ここでまた出てきます。薬物依存の「癈人《はいじん》」は、普通に考えると悲劇ですよね。でも葉蔵は、睡眠薬と間違えて下剤を飲んでしまったことを、「うふふふ」と笑い、喜劇のようだと感じている。この小説の中で救いとなる部分です。**悲劇と言ってしまえばそれでおしまいですが、まだ喜劇としてとらえる目がある。それなら、またちがった未来も開けそうではありませんか。**この一見何気ない出来事が、実は『人間失格』という小説のラストシーンをかざるのにふさわしいエピソードなんですね。

しかも、テツと暮らす三年の間に「数度へんな犯され方をして」います。女にモテてややこしくなるのは変わりません。もうここまでくるとギャグのような感じで、読んでいるこちらも笑いたくなってきます。六十近い、親子ほど年が離れているテツと、夫婦喧嘩《げんか》のようなこともしているといいますから、これはたしかに喜劇です。テツは、道化や女難から抜け出させ、日常性と安らぎを与えてくれた、重要人物ともいえます。

手記の最後には、「ただ、一さいは過ぎて行きます」という言葉がくり返されています。

いまは自分には、幸福も不幸もありません。
ただ、一さいは過ぎて行きます。
自分がいままで阿鼻叫喚《あびきょうかん》で生きて来た所謂《いわゆる》「人間」の世界に於《お》いて、たったった一つ、真理らしく思われたのは、それだけでした。
ただ、一さいは過ぎて行きます。

葉蔵がもがき苦しみながら生きてきた人間の世界で、ただ一つ真実らしく思われたのはそれだけでした。**人間失格の烙印を押されて、孤独に療養していることは、人から見れば不幸にちがいありません。しかし、葉蔵自身はすでに、幸福とか不幸な自分というものから離れられました。非常に澄《す》んだ心の世界を感じます。**

ブッダは教えの中で、幸福になりましょうとは言っていません。幸福も不幸もないと言っています。葉蔵は、最後のシーンでブッダに近づいたのです。罪と罰をめぐるキリスト教的な悩みからすっと抜けて、一種の悟《さと》りにいたっている。東洋の風がふいてきたのかなという感じがしますね。

『人間失格』という小説は暗いようですが、最後まで読むと実は意外に明るさを感じます。これ以上堕《お》ちようのない地獄の底から上を見上げたら、小さく青空が見えた、というような感じです。かすかな希望が余韻《よいん》として残るのです。

うふふふふ…
癈人《はいじん》というのは喜劇名詞のようだ
カルモチンと間違え眠ろうとして下剤を飲み、
しかも、その下剤の名前は、ヘノモチン
うふふふふ……

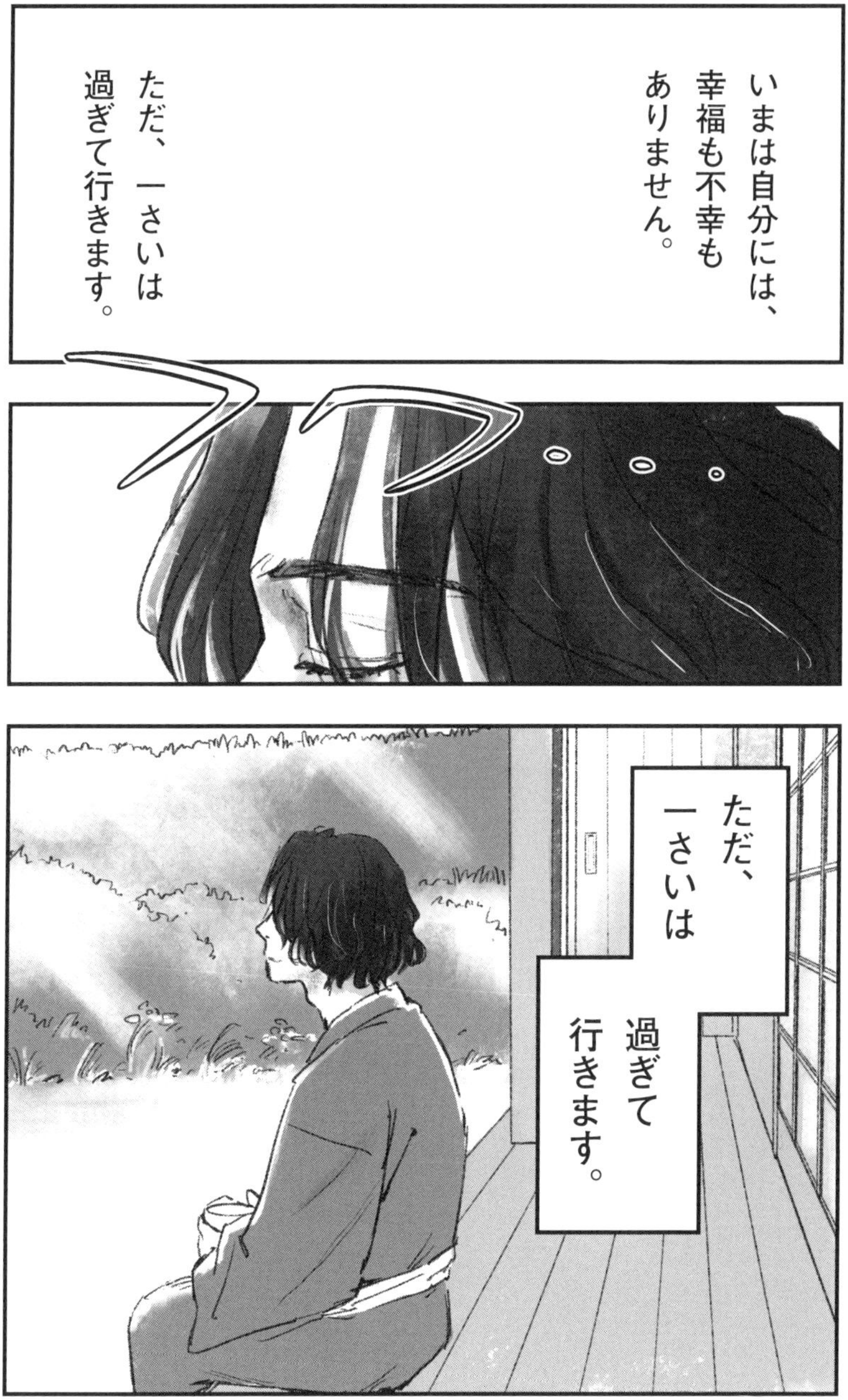
いまは自分には、幸福も不幸もありません。
ただ、一さいは過ぎて行きます。
ただ、一さいは
過ぎて行きます。

葉蔵によく似たあなたたちへ

つらいこと、絶望したくなるようなことがあったとき、思い出してもらいたいのは「ただ、一さいは過ぎて行きます」という言葉です。

いまつらくても、必ずそれは通り過ぎていきます。ずっと変わらないということはありません。だから、絶望する必要はないのです。「幸福も不幸もない、ただ一さいは過ぎて行くんだ」というのは、あきらめの念であり、落ち着いた静かな心、明鏡止水《めいきょうしすい》の心境ですね。

これは一種の「悟《さと》り」です。「悟り」は、成熟した大人のものだと思うかもしれませんが、実は若い人にも必要です。若いときこそ、人生に苦しさを感じるからです。人との別れなどを経験したときに抱いた悲しみや孤独感を、「一さいは過ぎて行く」という一種の悟りに変えて、自分の中にとどめてほしいと思います。

私は20歳のころ、「悟った」感覚を持ったことがあります。いまよりはるかにものを知らず、経験もないころのことですが、「そんなものは悟りじゃない」とは思えません。あのときの悟りはあのときの悟りで、深かったように感じるのです。悟ったあとも、また煩悩《ぼんのう》が出てきて同じような苦しみを味わったりしますが、また悟る。煩悩、悟る。こうやってくり返していけばいいのです。

20代、30代、40代、50代……と、それぞれの年代での「悟り」があるのですね。心の中に静かな湖のようなものを持っておくというのは、この世界を生きていくうえで大切なことです。

40代、50代になると、老いの問題が出てきます。生命力がうしなわれていきますし、鏡を見れば明らかに若いころの顔とちがう。ショックを受けることもあるでしょう。老いもまた、「ただ、一さいは過ぎて行く」ということです。仏教では「生老病死《しょうろうびょうし》」を「四苦《しく》」と呼び、免《まぬが》れることのできない苦しみだと説いています。誰にもどうにもなりません。このどうにもならなさを引き受けたうえで、絶望するのでなく、悟りの地点に立つというのがいいのです。

すべての年代で、そのときの悟りがある。そう考えて、「ただ、一さいは過ぎて行く」と思うような瞬間をとらえていってください。

齋藤　孝

終章

「あとがき」超訳解説

〜もう一つの視点〜

葉蔵に惹《ひ》かれつつ、客観的な「私」

「はしがき」で三枚の写真を見て感想を述べていた「私」が再び登場します。「私」はどのような人物なのでしょうか。「あとがき」はこうはじまっています。

この手記を書き綴《つづ》った狂人を、私は、直接には知らない。けれども、この手記に出て来る京橋のスタンド・バアのマダムともおぼしき人物を、私はちょっと知っているのである。

「私」も十年ほど前に、京橋《きょうばし》のスタンド・バアに通っていたのだといいます。ただし、葉蔵《ようぞう》が店にいたのはその数年前なので、この二人は出会っていません。マダムは、いまは船橋《ふなばし》の喫茶店でマダムをしており、偶然そこを訪れた「私」と再会したのでした。共通の知人の消息《しょうそく》をたずねあったりするうち、マダムが葉蔵のことを話題に出します。


ふとマダムは口調を改め、あなたは葉ちゃんを知っていたかしら、と言う。それは知らない、と答えると、マダムは、奥へ行って、三冊のノートブックと、三葉の写真を持って来て私に手渡し、

「何か、小説の材料になるかも知れませんわ」

と言った。


「私」は小説家だったのですね。「はしがき」にあった三枚の写真と、これまで読み解いてきた手記はここで手渡されていたわけです。「私」はその日の夜、一睡もせずに手記を読みふけりました。そして、手を加えずにそのまま発表したほうがよいと考えます。

つまり、葉蔵の手記そのものに、小説家である「私」が「はしがき」と「あとがき」だけ足して発表したのがこの『人間失格』ということです。

「私」は洞察力《どうさつりょく》のある人物です。最初に写真を見た瞬間から、「この子は少しも笑っていない」と見抜いていて、いやな印象を受けていました。しかし、完全に突き放してはいません。むしろ、心惹《ひ》かれているんですね。手記を読んで、本質を感じとり「このまま発表したい」と思っています。**同一化もしないし、突き放しもしない。ちょうどいい距離感を持っている。この「私」の存在があることによって、読者も葉蔵から少し離れた視点を持つことができます。**

世間側のもう一つの視点

手記をすべて読んだ「私」は、喫茶店に立ち寄り、マダムに対して「あなたも、相当ひどい被害をこうむったようですね」と言います。シヅ子の家を出た葉蔵を、バアの二階で養《やしな》ったのも、大量の睡眠剤を飲んで自殺をはかった葉蔵のところに駆《か》けつけたのも、このマダムでした。

「僕がこの人の友人だったら、やっぱり脳病院に連れて行きたくなったかも知れない」と言った「私」に対するマダムの言葉で「あとがき」は締めくくられます。

「あのひとのお父さんが悪いのですよ」

何気なさそうに、そう言った。

「私たちの知っている葉ちゃんは、とても素直で、よく気がきいて、あれでお酒さえ飲まなければ、いいえ、飲んでも、……神様みたいないい子でした」

マダムは「お父さんが悪い」と思っているようです。お金とプレッシャーだけ与えて、きちんと向き合うことをしなかった父親。手記の中にはあまり出てきませんが、苦悩の元となっていました。

そして、「神様みたいないい子」という言葉。『人間失格』の烙印《らくいん》を押された人が、一方では「神様みたいないい子」だと言う。葉蔵自身の自己評価とはズレがありますが、これもまた、世間側の一つの視点なのでしょう。**実は世間はそれほど冷たいわけではなく、葉蔵もいろいろな人に支えられていたのかもしれません。**

表面だけを見れば葉蔵は、「神様みたいないい子」とは言い難いでしょう。女道楽《おんなどうらく》がすぎるうえに、心中事件をおこしたり自殺未遂《みすい》をしたりして、最終的に薬物依存になっているのですから。しかも、妻が犯されているのを目撃しても、立ちつくしているだけ。どこがいい子なんだろうと思ってしまいます。

でも、本質の部分に目を向ければちがいます。

真に人間らしく生きようともがく姿が見えます。

正直者のふりをして、嘘《うそ》をついているような人が多い中で、葉蔵は嘘にも恥にも敏感なまま生きていました。そして自ら傷だらけになることで、世間の正体を暴いていったのです。自分の内面にとことん向きあうのではなく、適当なところでごまかして、世間に合わせるように過ごしていれば、こんなに傷つかずにすんだでしょう。

そうやって考えると、「神様みたいないい子でした」という言葉が深く感じられ、心に響きます。

むき出しの魂《たましい》で生きたからこそボロボロになった葉蔵に対して、それをあたたかく認める言葉で締めくくられているのです。

おわりに　～大人になりにくい社会を生きる～

『人間失格』を読む前と読んだあととでは、メンタルがちょっと変わっているはずです。以前は大変なリア充で、この世界が快適でしょうがないと思っていた人は、暗い影のある世界に落ちこむかもしれません。それでこそ、読んだ価値があったというものです。いままでスルーしていたもの、たとえば、**世間の皮をかぶってものを言うずるさ、正義ぶる人たちの嘘《うそ》、人間の弱さなどに目を向けることができれば、人生に深みが出る**ことでしょう。

繊細《せんさい》な心を持った人は、葉蔵に自己を投影して、読みながら苦しい感じがしたことと思います。**内面の深い部分を掘り下げるのは苦しいものです。でも、過剰なほどに悩み苦しんだ葉蔵が、最後に「癈人《はいじん》は喜劇名詞だ」と言って笑っているのを見て、心が浄化されたような感じも得られたのではな**いでしょうか。

『人間失格』をはじめ、太宰治《だざいおさむ》の作品は、青春期から青年時代に読むとドハマりするといわれてきました。世間との距離感、ズレのようなものをとくにヒリヒリと感じる時期だからです。私も高校時代に傾倒《けいとう》しました。それ以前はあまりものを考えず運動ばかりやっていましたが、太宰の作品を読むうちに自分の内面を見つめるようになったんですね。内面を見つめるのに、太宰は最高の導き手です。急に「なんだ、太宰も読んでいないのか」なんて言いはじめた。すごい影響を受けたのです。

時は流れ、60歳になって『太宰治全集』をあらためて読みなおしてみました。これが実に面白いのです。そして、**昔は「若者向けの小説」のように言われていたけれど、現代においてはもっと幅広い年代の人が共感して読むことができると感じました。「大人」になりにくい社会になっており、繊細な人が増えているからです。**

昔は30歳、40歳でもう大人として出来上がっていた感じがしますね。昔の人の写真を見ると、「えっ、これで30代？」と驚きませんか？　見た目もかなり老けています。安定したポジションにつき、それなりに社会的責任を負っている大人の風格があります。

それが、大人になる速度がおそくなってきていて、いまの30代、40代、50代は、いつまでも若くいられる。ネガティブに言えば、少し幼い。子どもでいられるのはそれだけ社会が豊かで余力があるからです。しかし、それにうっかり甘えていると、竜宮城にいるように、ハッと気がついたときには50歳なのに未成熟ということがあります。

また一方で、自分の存在に対する不安や、世間への恐怖を感じやすくなっているとも思います。心理学者のアルフレッド・アドラーは、**人生で直面する3つの課題として、仕事、家庭、交友関係を挙げました。これらの課題をしっかりこなせば、いわば「人間合格」**ということになり、安定します。

昔は、ある程度大人になればこれらの課題を自然とこなせていたのですが、いまはそうではない。社会構造が変わって、リストラされやすくなり、安定した職業もなかなかありません。新型コロナウイルスの影響で、仕事をうしなった人も多くいました。職業はアイデンティティの一つになりますが、いつそれをうしなうかわからない恐怖がつきまとう。突然、職を、うしなえば「自分の価値とは何なのだろう」という不安も出てくるでしょう。

また、価値観が多様化して、結婚して家庭を持つ以外の生きかたも肯定《こうてい》されるようになりました。これ自体はいいことですが、「自分自身で選択する」怖さが常についてまわります。「私たちは、自由という刑に処《しょ》せられている」とサルトルは言いました。ドストエフスキーもまた、「自由というものが庶民《しょみん》にとっては重荷である」と言っています。何もかも自分で決めることができ、「これでなきゃいけない」ということがない。そんな自由な社会は、40代、50代になってから「この選択でよかったのだろうか」という不安を生み出す土壌にもなっています。

さらには、「はじめに」でもお伝えした、**ＳＮＳによる「ニュー世間」。世間が怖い、人間が怖いという心理は、もはや若者だけのものではありません。3つめの課題の「交友関係」は、「ニュー世間」のために複雑になっています。**

このような時代だからこそ『人間失格』が生きるヒントになると思いました。

『人間失格』で、太宰治ワールドにハマった人は、ぜひ他の作品にも手を出してみてください。たとえば『饗応《きょうおう》夫人《ふじん》』や『眉山《びざん》』には、サービス精神あふれた女性が出てきます。葉蔵は道化のサービスをしていましたが、彼女たちも切ないほど一生懸命、人にサービスをするんですね。重ね合わせて読むと、より深まると思います。

他の作品についてもいろいろ語りたいことはありますが、それはまた次の機会に。

最後までお読みくださり、ありがとうございました。

齋藤 孝

超訳 人間失格
人はどう生きればいいのか

発行日　2020年11月28日　第1刷

著者　齋藤 孝

本書プロジェクトチーム
編集統括　柿内尚文
編集担当　菊地貴広
デザイン　小口翔平、奈良岡菜摘（tobufune）
編集協力　根村かやの、小川晶子
イラスト、マンガ　惑丸徳俊（コルク）
校正　柳元順子
DTP　山本秀一、山本深雪（G-clef）

営業統括　丸山敏生
営業推進　増尾友裕、藤野茉友、綱脇愛、大原桂子、桐山敦子、矢部愛、寺内未来子
販売促進　池田孝一郎、石井耕平、熊切絵理、菊山清佳、吉村寿美子、矢橋寛子、遠藤真知子、森田真紀、大村かおり、高垣真美、高垣知子
プロモーション　山田美恵、林屋成一郎
講演・マネジメント事業　斎藤和佳、志水公美

編集　小林英史、舘瑞恵、栗田亘、村上芳子、大住兼正
メディア開発　池田剛、中山景、中村悟志、長野太介、多湖元毅
総務　生越こずえ、名児耶美咲
管理部　八木宏之、早坂裕子、金井昭彦
マネジメント　坂下毅
発行人　高橋克佳

発行所　株式会社アスコム

〒105-0003
東京都港区西新橋2-23-1　3東洋海事ビル
編集部　TEL：03-5425-6627
営業部　TEL：03-5425-6626　FAX：03-5425-6770

印刷・製本　中央精版印刷株式会社

Printed in Japan ISBN 978-4-7762-1104-4

※参考資料『人間失格』（新潮文庫）
※現代では一部不適切なものがありますが、作品の時代背景を考慮して、文中の表現をそのままといたしました。